Lena Christ

kleine bayerische biografien

herausgegeben von
Thomas Götz

MARITA A. PANZER

LENA CHRIST

Keine »Überflüssige«

Eine dokumentarische Biografie

Verlag Friedrich Pustet
Regensburg

kleine bayerische biografien

Biografien machen Vergangenheit lebendig: Keine andere literarische Gattung verbindet so anschaulich den Menschen mit seiner Zeit, das Besondere mit dem Allgemeinen, das Bedingte mit dem Bedingendem. So ist Lesen Lernen und Vergnügen zugleich.
Dafür sind gut 100 Seiten genug – also ein Wochenende, eine längere Bahnfahrt, zwei Nachmittage im Café. Wobei klein nicht leichtgewichtig heißt: Die Autoren sind Fachleute, die wissenschaftlich Fundiertes auch für den verständlich machen, der zwar allgemein interessiert, aber nicht speziell vorgebildet ist.
Bayern ist von nahezu einzigartiger Vielfalt: Seine großen Geschichtslandschaften Altbayern, Franken und Schwaben eignen unverwechselbares Profil und historische Tiefenschärfe. Sie prägten ihre Menschen – und wurden geprägt durch die Männer und Frauen, um die es hier geht: Herrscher und Gelehrte, Politiker und Künstler, Geistliche und Unternehmer – und andere mehr.
Das wollen die KLEINEN BAYERISCHEN BIOGRAFIEN: Bekannte Personen neu beleuchten, die unbekannten (wieder) entdecken – und alle zur Diskussion um eine zeitgemäße regionale Identität im Jahrhundert fortschreitender Globalisierung stellen. Eine Aufgabe mit Zukunft.

DR. THOMAS GÖTZ, Herausgeber der Buchreihe, geboren 1965, lehrt Neuere und Neueste Geschichte an der Universität Regensburg. Veröffentlichungen zu Stadt und Bürgertum in der Neuzeit.

Inhalt

Vorwort

Am 30. Juni 1920 setzte Lena Christ ihrem Leben ein Ende. Acht Jahre lang widmete sie sich der Schriftstellerei. Sie legte in dieser knappen Zeitspanne ein beachtliches Werk vor, das heute weithin Anerkennung findet. Die bäuerliche Abstammung der Lena Christ und die Verwendung des oberbayerischen Dialekts ließen viele Interpreten und Rezensenten ihr Werk der Heimatkunstbewegung zuordnen. Allerdings betrachtete Lena Christ das Dorf und seine Bewohner nicht als Idylle, sondern in seiner harten und hierarchisch geprägten Wirklichkeit. Zudem war Lena Christ nicht bloß eine Frau vom Lande, da sie seit ihrer Schulzeit fast ausschließlich – bis auf wenige Sommerwochen im Jahr – als Wirtstochter und später als Schriftstellerin in der Stadt lebte. Dennoch galt ihre literarische Liebe meist den Bauern sowie den einfachen Menschen in der Stadt.

Zwei Werke wurden bisher eins zu eins als Quellen für das Leben der Lena Christ verwendet: Ihre »Erinnerungen einer Überflüssigen« und »Der Weg der Lena Christ« von Peter Benedix. Beide Erinnerungsbücher erheben allerdings einen literarischen Anspruch, sind nicht nur subjektiv, sondern vor allem in Lena Christs Fall dramatisiert bzw. weitgehend ein literarisches Konstrukt. Daher kommt auch die Literaturwissenschaftlerin Herta-Elisabeth Renk zum Schluss, dass die »Erinnerungen einer Überflüssigen« zwar als »ein großes literarisches und menschliches Zeugnis« zu werten sind, als »Dichtung und Wahrheit einer Frau, einer Zeit und einer Gesellschaft«, wobei Lena Christ aber nicht zwischen objektiver Wahrheit und subjektiver Verarbeitung ihrer Schilderungen unterschied.

In ihrer germanistischen Dissertation »Heimatsuche und Identität – das Werk der baierischen Schriftstellerin Lena Christ« stellte Ghemela Adler fest, dass Peter Benedix das Lena-Christ-Bild bis heute prägte. Er war ein Vertreter der konservativ-traditionalistischen Heimatkunstbewegung und machte Lena Christ zur »primitiv-kindhaften Frau«, die angeblich den Zusammenhang zur Scholle brauche und deren Erzählkunst triebhaft sei. Damit näherte er sich der NS-Ideologie an, ohne diese jedoch zu vertreten.

Peter Benedix (Jerusalem) charakterisierte seine Ehefrau Lena Christ als physisch und psychisch Kranke, die der Fürsorge und Führung bedurfte. Er stellte sie als wenig gebildete Kindfrau dar, die ihre Werke aus dem Unbewussten schöpfte. Dieser Auffassung folgte später, wenn auch mit Einschränkungen und Zurechtrückungen, Günter Goepfert in seiner Biografie – der bisher einzig ernstzunehmenden – mit dem Titel »Das Schicksal der Lena Christ«.

Aber Lena Christ war, wenn auch häufig leidend, von Krisen geschüttelt und schließlich verzweifelnd, trotz alledem eine kraft- und humorvolle Persönlichkeit, nicht ungebildet, sondern musisch und schauspielerisch begabt, voller lustiger Einfälle und enormer sprachlicher Kreativität.

Bereits 1998 forderte Ingrid Reuther in »Geschichte quer«, dass die Biografie der Lena Christ »revisionsbedürftig« sei, und meinte: »Obwohl Günter Goepfert ... der autobiografischen Erzählung von Lena Christ und dem Buch ihres zweiten Ehemannes, Peter Benedix, einen ›auf Tatsachen gestützten Lebensabriß‹« gegenüberstellen wollte, fehlt doch »über weite Strecken die Distanz zu Peter Benedix« und dessen einseitiger Darstellung.

So wird das bislang tradierte Bild von Lena Christ der Bedeutung ihres Werkes und der Wirklichkeit ihres Lebens nicht gerecht. Deshalb ist es notwendig, die Schriftstellerin neu zu sehen, ihre Werke neu zu lesen und die wenigen zeitgenössischen Schriftstücke sprechen zu lassen.

1 Die Hansschusterleni

»Oft habe ich versucht, mir meine früheste Kindheit ins Gedächtnis zurückzurufen, doch reicht meine Erinnerung nur bis zu meinem fünften Lebensjahr und ist auch da schon teilweise ausgelöscht«, mit diesen Worten beginnt Lena Christ ihr autobiografisches Buch »Erinnerungen einer Überflüssigen«.

GEBURT UND ELTERN

Lena Christ wurde als Magdalena Pichler in Glonn geboren. Beim Glonner Standesamt meldete die Hebamme Barbara Eichner am 1. November 1881, dass Magdalena Pichler, Maurerstochter zu Glonn, wohnhaft bei ihren Eltern, am 30. Oktober 1881 nachmittags um halb drei Uhr mit einem Mädchen niederkam.

Da Lenas Mutter ledig war, übernahm der Großvater Mathias Pichler (Bichler) die Vormundschaft über das uneheliche Kind seiner Tochter. Als leiblicher Vater des Mädchens wurde Karl Christ angegeben. Er stammte aus Mönchsroth bei Dinkelsbühl und stand damals bei einem Münchner Rittmeister namens Hornig in Diensten. Karl Christ bekannte sich »ausdrücklich zum Vater« der kleinen Magdalena und verpflichtete sich, laut Amtsgerichtsprotokoll, »bis zum rückgelegten 14. Lebensjahre dieses Kindes jährlich 120 Mark zur Alimentation beizutragen, sowie während der bezeichneten Alimentationsperiode die Hälfte des Schulgeldes und der allenfallsigen Kur- und Leichenkosten zu entrichten.« Die Unterhaltskosten waren monatlich fällig, Tauf- und Kindbettkosten

Die Mutter: Magdalena Pichler, verehelichte Isaak (1860–1928), um 1895

wurden ausbezahlt, eine Kaution zur Sicherung der zugesagten Gelder wurde nicht gefordert.

> Vor dem Amtsgericht in Ebersberg erschienen am 7. Dezember 1881:
> *»1. die ledige großjährige Maurerstochter Magdalena Pichler von Glonn*
> *2. deren Vater, der verheiratete Maurer Mathias Bichler von da*
> *3. der ledige großjährige Bediente Karl Christ von Mönchsred Bezirksamt Dingelsbühl zur Zeit bedienstet bei Herrn Rittmeister Hornig in München.*
> *Erstbenannte bittet vor Allem, den sub 2 benannten Mathias Bichler als Vormund zu verpflichten über ihr am 30. Oktober 1881 außerehlich gebornes Kind Magdalena und bezeichnet dann auf Vorhalt als natürlichen Vater solchen Kindes den miterschienenen Charl Christ.*
> *Mathias Bichler erklärt sich bereit, die angesonnene Vormundschaft zu übernehmen (…).«*
>
> *Protokoll des Amtsgerichts Ebersberg, Staatsarchiv München, AG Ebersberg VV 1881 Nr. 228*

Später bezweifelten manche Zeitgenossen und Biografen die Vaterschaft des Karl Christ. Man vermutete den eigentlichen Erzeuger im nahen Schloss Zinneberg bei der geadelten Familie Scanzoni von Lichtenfels. Nahrung bekam dieses Gerücht durch Lena Christs Aussage, dass ihr leiblicher Vater Karl Christ auf der Fahrt nach Amerika mit dem Dampfschiff Cimbria am 19. Januar 1883 unterging und verschollen blieb. So habe es ihr die Mutter erzählt. Aber die noch erhaltenen Passagierlisten verzeichnen keinen Karl Christ. Deshalb erscheint diese Geschichte wie eine Notlüge. Lenas Mutter wollte oder musste wohl den wirklichen Vater ihrer unehelichen Tochter verschweigen, so vermutete man.

Die Gymnasiallehrerin und Schriftstellerin Dr. Elisabeth Wolf (gestorben 2006), die mütterlicherseits mit der Familie Christ verwandt ist, stellte dagegen in einer kurzen Lebensbeschreibung klar, dass Karl Christ, geboren 1854, durchaus der leibliche Vater war: »Karl Christ hat die Vaterschaft anerkannt und ist als Vater der Lena Christ eingetragen – eine Tatsache, an der nicht zu rütteln ist.« Zudem hätte Karl Christ, der das Schmiedehandwerk erlernt hatte, bereits vor seiner Familie in Mönchsroth die Absicht geäußert, sobald er das Geld dazu habe, nach Amerika auswandern zu wollen. Daher fuhr er auch nach München und nahm eine gut bezahlte Stelle bei einem Rittmeister an. Als jedoch Lena geboren war, wollte Karl Christ dem Drängen seiner Familie nicht nachgeben und die Kindsmutter ehelichen. Er meinte, dann könne er ebenso gleich den »leibhaftigen Satan« heiraten. Karl Christ anerkannte zwar seine Vaterschaft an der außerehelichen Tochter, war aber kurz darauf auf Nimmerwiedersehen verschwunden. Alle Nachforschungen der Familie verliefen ergebnislos. »Die Familie Christ schloss ein Verbrechen nicht aus«, meint Dr. Elisabeth Wolf.

> *»Karl Christ hat die Vaterschaft anerkannt und ist als Vater der Lena Christ eingetragen – eine Tatsache, an der nicht zu rütteln ist. Nicht lange darauf war er wie vom Erdboden gefegt, ohne die geringste Spur zu hinterlassen, verschwunden, was in Mönchsroth äußerste Besorgnis erregt hatte. Die Aussage von Lenas Mutter, wonach er auf der ›Cimbria‹ ausgewandert und mit ihr untergegangen sei, haben die Eltern zu keiner Zeit geglaubt, denn der Karl, der sehr an Zuhause hing, hätte sich niemals ohne Abschied einfach davon gemacht. Außerdem seien Kleider, Wäsche und ›andere Dinge‹, die keiner zurückließe, wenn er für immer geht, unberührt im Schrank gelegen. Leiche sei keine gefunden worden, was nicht viel besagte, denn man könne sie beseitigt haben! Fest steht, die Familie Christ schloss ein Verbrechen nicht aus.«*
>
> *Dr. Elisabeth Wolf, Nürnberg, www.fh-nuernberg.de/aw/profs/kuegel/Blumenorden/Wolf1900*

Angeblich hatte Karl Christ Lenas Mutter während der Zeit eines Manöveraufenthaltes seines Herren, den er als Diener begleitete, in Glonn auf Schloss Zinneberg kennengelernt. Dort soll Magdalena Pichler damals als Köchin beschäftigt gewesen sein.

Hausmädchen und Köchinnen

Gegen Ende des 19. Jahrhunderts waren häusliche Dienstboten fast ausschließlich Frauen. 1882 zählte man 96 000 Dienende in Bayern, davon waren über 97 Prozent weiblich. Als Dienstmädchen arbeiteten überwiegend junge, unverheiratete Frauen im Alter bis zu 30 Jahren. In die Großstädte wie München wanderten verstärkt seit der Mitte des 19. Jahrhunderts junge Frauen vom Land zu, um dort als Dienstbotin zu arbeiten. In erster Linie waren dies Töchter von ländlichen Handwerkern und kleinen Bauern. Die Dienstmädchen wurden nur zum Teil in Geld entlohnt; sie erhielten dazu noch freie Kost und Logis sowie Sachleistungen und Trinkgelder. In München betrug der Monatslohn eines Dienst- und Hausmädchens etwa 15 bis 20 Mark. Köchinnen, Zimmer- und Kindermädchen verdienten 20 bis 25, Haushälterinnen bzw. Wirtschafterinnen 25 bis 30 und Kammerjungfrauen (Zofen) sowie Kinderfräulein, die im großbürgerlich-adeligen Haushalt angestellt waren, über 30 Mark. Damit hatten die Dienstboten (einschließlich der Naturalbezüge) in etwa ein Jahreseinkommen ähnlich dem der Fabrikarbeiterinnen zwischen 651 und 846 Mark im Jahr (nach einer Münchner Erhebung von 1909). Um die Wende zum 20. Jahrhundert schlossen sich die Dienstmädchen in Vereinen zusammen, um bessere Dienstverträge und soziale Absicherungen zu erkämpfen.

Da erhebt sich die Frage, ob Lenas Mutter überhaupt auf Schloss Zinneberg in Stellung war. Hans Obermair, der Glonner Heimatforscher, belegt fast lückenlos die Aufenthalte der Magdalena Pichler in München. Lenas Mutter stand zunächst als Dienstmagd und dann als Köchin 1877 bei Polizeirat Franz Bauer in Diensten. Ab Oktober 1877 bis April 1879 arbeitete sie dann bei der Professorentochter von Lindwurm. Im Juli 1879 trat sie in die Dienste der Hofratsgattin Josefa von Huther, die sie für einige Monate (1. September 1881 bis 6. Januar 1882) unterbrach, höchstwahrscheinlich um ihre Schwangerschaft zu verbergen und das Kind in Glonn bei den Eltern zur Welt zu bringen. Nach der Niederkunft arbeitete Magdalena Pichler bei Familie Huther weiter bis April 1883. Von April 1883 bis Ende September 1888 war sie als Köchin bei Bankdirektor Hugo Freud zu München beschäftigt. Sie kündigte ihre Stellung, um am 30. Oktober 1888 den Münchner Gastwirt Josef Isaak zu heiraten. Kurz darauf holte sie ihre uneheliche Tochter Lena zu sich nach München.

In Anbetracht dieser Fakten kann man nur zum Schluss gelangen, dass sich Lenas Mutter nicht zur fraglichen Zeit als Köchin auf Schloss Zinneberg aufhielt und somit dort auch nicht von Karl Christ bzw. einem Angehörigen der adeligen Familie Scanzoni geschwängert wurde. Vielmehr spricht einiges dafür, dass die ledige Köchin Magdalena Pichler in München ein Liebesverhältnis einging – höchstwahrscheinlich mit dem Bediensteten Karl Christ, der ganz in ihrer Nähe in der Münchner Altstadt lebte. Denn sie wohnte seit 4. Juli 1879 in der Hildegardstraße, welche die Kanalstraße kreuzte. Belegbar ist jedenfalls, dass Lenas Taufpate Michael Putz als Gärtner in der Kanalstraße 43 zu München gemeldet war, wie dies der Glonner Taufmatrikel ausweist. Ebenfalls dort ansässig war Rittmeister Hornig (Kanalstraße 33), bei dem der vermeintliche Kindsvater Karl Christ in Diensten stand. Merkwürdig ist nun, dass Rittmeister Ewald Hornig selbst nicht der Vaterschaft verdächtigt wurde. Geboren 1843 in Schwerin, nahm er als bayerischer Oberleutnant an den Kriegen von 1866 und 1870/71 teil. 1874 wurde Hornig zum Rittmeister befördert und war von 1877 bis 1886 als Eskadron-Chef und Reitlehrer bei der Münchner Militärreitschule beschäftigt. Er ehelichte 1883 die Stuttgarter Fabrikantentochter Klara Böhringer, trat 1887 in den Ruhestand und starb 1913 in München.

Lena Christ veröffentlichte in den »Lausdirndlgeschichten« ihre Version der Vatersuche. Sie schreibt unter dem Titel »Wo ist mein Vater«:

»Es war alles umsonst. / Ich habe ihn doch nicht gefunden. / Meinen andern Vater, der wo eigentlich ertrunken ist. / Jetzt glaube ich es selber, daß er nicht mehr kommt. / Aber es war doch ganz genau sein Name, und alles hätte gestimmt. / Und da bin ich hin. / Gärtnerplatz drei, im zweiten Stock. / Karl Krafft, Ordonnanzfeldwebel a. D. / ... Und ich habe gesagt, daß ich meinen Vater suche. / Und er heißt Karl Krafft, und ist aus Dinkelsbühl, sagt die Mutter. / ... Aber er hat mich gleich ausgefragt, wer ich bin, und was ich denn von ihnen will. / Da habe ich gesagt, meinen wirklichen Vater. Und ich bin die Christleni. Und ich habe gedacht, weil er auch Krafft heißt, ist er es. Aber jetzt glaube ich es nicht mehr. / ... Und ich habe ihnen so gut gefallen, und der alte Mann hat gesagt, ein so frätzigs Mädle möchte er schon by Gott habe zum e Töchterle! / ... Und ich habe gesagt, ich möchte gleich dableiben und ihre Tochter sein. Aber es geht nicht, weil ich jetzt noch suchen muß um meinen Vater.«

aus: Lena Christ, Lausdirndlgeschichten, 2002, S. 74ff.

DIE GROSSELTERN IN GLONN

Das uneheliche Kind der Magdalena Pichler wurde noch am Tage seiner Geburt ebenfalls auf den Namen Magdalena getauft und kam zu den Glonner Großeltern in Pflege. Hier im Hansschuster-Anwesen wuchs Lena wohlbehütet auf. Hier verbrachte sie die ersten sieben Jahre ihres Lebens. Sie sollten ihre glücklichsten werden.

Der Großvater Mathias Pichler (auch Bichler), geboren 1827 »beym Hansschuster Nr. 31« in Glonn, entstammte einer bäuerlichen Häusler- und Taglöhnerfamilie. 1848 starb sein gleichnamiger Vater und 1872 seine Mutter Ursula, eine geborene Strobl. Er heiratete 1851 in der Glonner Pfarrkirche die um fünf Jahre ältere Anna Hauser aus Öd. Kurz vor der Eheschließung hatte Mathias Pichler das Anwesen seiner Eltern übernommen und wurde fortan, gemäß dem Namen des Anwesens, als der »Hansschuster« (nicht »Handschuster« wie Lena Christ in ihren »Erinnerungen« schreibt) bezeichnet.

1822 wurde das Hansschuster-Anwesen als »hölzernes Wohnhaus unter Schindldach« in einem Wert von 200 Gulden beschrieben, wie es Hans Obermair in seinem Büchlein »Lena Christ und Glonn« ausführlich dargestellt hat. 1859 hatte das Bauernanwesen einen Wert von 800 Gulden, umfasste 0,25 Tagwerk (851 qm) und wurde als 1/16-Gütl mit Wohnhaus und Stall eingestuft. Dazu kamen dann 1867 ein Acker mit 1,93 Tagwerk (6576 qm) und 1871 zwei Grundstücke mit 3,20 Tagwerk (10 902 qm), so dass der Bauernhof schließlich 5,32 Tagwerk (18 109 qm) besaß. Mathias Pichler, Lenas Großvater, bewirtschaftete den Hof im Nebenerwerb, denn er war weiterhin auf ein zusätzliches Einkommen als Maurer angewiesen. Mitte August 1894 verkauften Lenas Großeltern das Hansschuster-Anwesen für 5000 Mark. Es wurde Wohnrecht auf Lebenszeit vereinbart – allerdings nur mündlich –, so dass nach dem Tod des Großvaters Lenas Großmutter das Haus verlassen und bei ihrer Stieftochter Anna, die zugleich ihre Nichte war, unterkommen musste. 1956 wurde das Hansschusterhaus abgerissen. Heute erinnert dort nur mehr eine Gedenktafel an Lena Christ.

> *»Der Großvater nämlich verstand sich auf alles, und wo man im Dorf eine Hilfe brauchte, da wurde er geholt. Er war Schreiner, Maurer, Maler, Zimmermann und Kuhdoktor, und manchmal hat er auch dem Totengräber ausgeholfen. Und weil er so überall zur Hand war, hieß man ihn den Handschuster, und der Name wurde der Hausname und ich war die Handschusterleni.«*
>
> *aus: Lena Christ, Erinnerungen einer Überflüssigen, S. 8*

Lenas Großeltern, Mathias und Anna Pichler, bekamen fünf Kinder, von denen Michael bereits 1856 mit vier Jahren am Scharlachfieber starb. Der zweite Sohn, Mathias, geb. 1855, zog nach München und lebte mit seiner Ehefrau Babette im Stadtteil Giesing. Die zwei Jahre jüngere Tochter Anna heiratete den Maurer Josef Schlosser und wohnte bis 1892 in Westerndorf auf dem »Maureranwesen«, dann in Haslach und schließlich 1902 in Sindelhausen. Am 1. Januar 1860 wurde Lenas Mutter Magdalena geboren und ein Jahr später das jüngste Kind namens Theresia.

Das Geburtshaus: Hansschuster-Anwesen in Glonn, um 1937

Als Anna Pichler, Lenas leibliche Großmutter, am 12. September 1870 mit 48 Jahren starb, hinterließ sie vier Kinder. Etwa ein Jahr später heiratete der Witwer die Schwester seiner verstorbenen Frau, also Lenas Tante Magdalena. Diese lebte bereits samt einer anderen ledigen Schwester seit 1864 mit auf dem Anwesen. Sie war Näherin und soll früher einmal Präfektin des Dritten Ordens des Hl. Franziskus gewesen sein.

Für die Eheschließung musste eine kirchliche Dispens eingeholt werden, wohl eher wegen der Verschwägerung des Brautpaares als aufgrund der Ordensmitgliedschaft. Denn dieser weltliche Orden verlangte keine »Josephsehe«, wie Lena Christ schrieb, sondern hielt das Sakrament der Ehe heilig. Allerdings war es damals üblich, dass bei verschwägerten und nicht nur bei verwandten Partnern eine kirchliche Erlaubnis für die Trauung nötig war.

Lenas zweite Großmutter Magdalena war eine kluge und fromme Frau. Sie versorgte nicht nur Lena gut, sondern zusätzlich noch einige Kostkinder – bis zu zwölf an der Zahl, wovon fünf mit Lena aufwuchsen. Für die Kostkinder erhielt Magdalena Pichler von der Gemeinde vier oder fünf Mark im Monat, heißt es in Lenas Erinnerungen. Hans Obermair fand jedoch heraus, dass für eines von ihnen, »Urschl« (Ursula Schwepfinger), monatlich 12 Mark entrichtet wurden. Die Tarife der Unterhaltsgelder waren wohl unterschiedlich, je nachdem ob sie privat oder aus der Armenkasse der Gemeinde bezahlt werden mussten.

Abgesehen von der Kindererziehung verstand die Großmutter auch viel von der Heilkunst. Sie pflegte und betete Kranke gesund. Daneben nähte sie geschickt, führte den Haushalt, half bei der Hofarbeit und las im Winter an den Sonntagnachmittagen »aus uralten, heiligen Büchern« vor. Die Heiligenlegenden und frommen Wundergeschichten machten auf die kleine Leni tiefen Eindruck. Auch lehrte sie die Großmutter »wundersame Gebete« und Sprüche.

> *»Als unser Bapistei durch das viele Schreien einen Nabelbruch bekommen hatte, heilte ihn die Großmutter auf folgende Weise: Sie suchte beim wachsenden Mond drei kleine Kieselsteine unter der Dachrinne und drückte jeden Abend beim Mondaufgang einen davon dem Kinde auf den Nabel, drehte ihn mit dem Daumen und sprach dazu:*
> *›Bruch, ich drucke dich zu, / Geh du mit der Sonne zur Ruh; / Im Namen der Allerheiligsten Dreifaltigkeit, / Im Namen des Vaters und des Sohnes und des Heiligen Geistes. Amen.‹*
> *Dann band sie das Steinlein mit der Binde fest und gab dem Kinde einen heilkräftigen Tee. Nach einigen Tagen wurde der Bapistei wirklich gesund.«*
>
> *aus: Lena Christ, Erinnerungen einer Überflüssigen, S. 26f.*

Lena Christ erinnerte sich später an eine Schublade in der Schatzkammer (»Künikammer«) des Hauses, die war »voll von Büchern, deren Druck so alt war, daß ich kaum ein Wort zu lesen vermochte.«

Obwohl die Großeltern einfache Leute auf dem Land waren, scheint doch eine gewisse Behaglichkeit und Bildung nicht ge-

Der Großvater: Mathias Pichler (1827–1894), etwa 40 Jahre alt

fehlt zu haben. Beide waren des Schreibens und Lesens mächtig, wie überlieferte Schriftstücke bezeugen, wenn auch die Großmutter sicher in diesen Fertigkeiten geübter als der Großvater war.

Dieser vertrat die Vaterstelle bei dem unehelichen Mädchen. Er wird als gütig, ruhig und bescheiden beschrieben. Mathias Pichler trank nicht, war hilfsbereit und redete wenig. 1872 hatte er für 10 Mark das Bürgerrecht der Gemeinde Glonn erworben. Auf der einzig erhaltenen Aufnahme sieht Lenas Großvater, gewandet in bäuerlicher Tracht, hochgewachsen und vornehm aus. Sie selbst erinnerte sich: »Der Großvater war bartlos und groß und gerade gewachsen und hatte trotz der mannigfachen schweren Arbeit schlanke schöne Hände.«

Ihrem geliebten Großvater setzte Lena Christ später mit dem Roman »Mathias Bichler« ein literarisches Denkmal und die Großmutter war sicher das Vorbild für die alte »Irscherin«, die die Pflegemutter der Heldin Kathrein ist.

Am 5. Dezember 1894 starb Mathias Pichler. Das Hansschuster-Anwesen war bereits kurz vorher verkauft worden und die Großmutter fand ein Unterkommen, mehr schlecht als recht, bei ihrer Nichte Anna (Nanni). 1905 verstorben, wurde sie in der Grabrede als »Mutter der Verlassenen und Verwaisten« bezeichnet. Der ledige Taglöhner Balthasar Reithuber, welcher als Mieter bei Lenas Großeltern lebte und »alter Hausl« genannt wurde, hatte bereits am 20. April 1893 das Zeitliche gesegnet.

Ländliche Gesellschaft im 19. und frühen 20. Jahrhundert

Zu Beginn des 19. Jahrhunderts waren fast vier Fünftel der Gesamtbevölkerung in der Landwirtschaft tätig, an der Wende zum 20. Jahrhundert nur mehr etwa die Hälfte. Allerdings gab es wenige Vollbauern, es überwogen die kleinbäuerlich-handwerklichen Betriebe sowie die nichtbesitzende Schicht der Häusler und Taglöhner. Die meisten dörflichen Handwerker waren bereits im 18. Jahrhundert zu Gütlern (Kleinbauern) oder gar Vollbauern aufgestiegen. Sie betrieben ihr Handwerk im Nebenerwerb, da der bäuerliche Besitz in der sozialen Rangordnung des Dorfes mehr galt. So entwickelten sich zahlreiche 1/16-Anwesen, die etwa ein Tagwerk (3407,27 qm) groß waren, bis zur Mitte des 19. Jahrhunderts aber durch Landzukauf zu kleinen und mittleren Bauernhöfen von fünf bis 25 Tagwerk anwuchsen. Zur ländlichen Unterschicht gehörten neben den Taglöhnern und Dienstboten auch die dörflichen Kleinanwesen-Besitzer und die ärmeren Dorfhandwerker mit wenig Garten- oder Ackergrund. 1907 erfasste eine Betriebszählung erstmals alle ländlichen Arbeitskräfte in Bayern. Danach waren 71 Prozent der unselbstständig Beschäftigten mithelfende Familienangehörige (überwiegend Ehefrauen der Bauern), 20 Prozent arbeiteten als Knechte und Mägde und neun Prozent als Taglöhner(innen). In diesem Jahr der Erhebung gehörten noch 40 Prozent der gesamten Bevölkerung Bayerns der Landwirtschaft an, das waren 994 641 Männer und 1 107 011 Frauen. In Oberbayern verdienten um 1914 Mägde, die am unteren Rand der bäuerlichen Gesellschaftsordnung anzusiedeln waren, jährlich 91 bis 129 Mark. Der Barlohn wurde zumeist an Lichtmess ausbezahlt. Dazu kamen noch freie Kost und Logis sowie Geschenke und Naturalien, eventuell auch Versicherungsleistungen. In Glonn existierte Mitte des 19. Jahrhunderts von 54 Anwesen nur ein einziger Hof allein von der Landwirtschaft. Alle übrigen bewirtschafteten ihren Betrieb im Nebenerwerb und arbeiteten hauptsächlich im Handwerk oder Gewerbe. 1864 eröffnete in Glonn eine Poststation und 1883 wurde das Dorf an das Bahnnetz angeschlossen. Zum Marktort wurde Glonn 1901 erhoben.

Sieben unbeschwerte Jahre verbrachte Lena in Glonn bei den Großeltern. Sie besuchte die örtliche Schule und unternahm mit ihren Spielkameraden nicht immer nur lustige Streiche, welche sie in ihren »Lausdirndlgeschichten« literarisch festhielt. Eine Zeitzeugin, die Huberwirtin in Glonn, beschrieb die »Hansschusterleni« als ein »wildes maßloses« Kind, wie Adelheid von Gugel in ihrer Dissertation über Lena Christ mitteilt.

Glonn, der beschauliche Marktort, östlich von München im Bezirk Ebersberg gelegen, wurde Lena Christ zur Heimat ihrer frühen Kindheit und zum späteren Sehnsuchtsort. Mit dem Tod der Großeltern ging dieses ländliche Paradies für Lena endgültig verloren. Zeit ihres Lebens sollte sie danach suchen.

2 Die Wirtsleni

»Während ich also sorglos dahinlebte, geliebt von den Großeltern, getadelt von Lehrer und Pfarrer, gefürchtet von jenen Kameraden, die mich einmal in meiner Wildheit verspürt hatten, gesucht von denen, die meine Streiche verstanden und dazu halfen, kam eines Tages die Nachricht, daß die Mutter in München geheiratet hatte«, erinnert sich Lena Christ. Damit begann ihre nächste Lebensphase als »Wirtsleni« in München.

DIE MUTTER IN MÜNCHEN

Mit sieben Jahren zog Lena nach München, in die Großstadt. Ihre Mutter, die sie kaum kannte und nur einmal kurz bei deren Besuch in Glonn gesehen hatte, war eine ehrgeizige und zielstrebige Frau. Sie hatte am 30. Oktober 1888 den Metzgergesellen Josef Isaak geehelicht; einen soliden Mann, der am 13. Oktober 1863 in Pocking als Sohn eines Viehhändlers geboren worden war.

> Nur einmal besuchte Magdalena Pichler ihre Tochter Leni in Glonn:
> *»Da trat eine große Frau in die niedere Stube in einem schwarz und weiß karierten Kleide über einem ungeheuern Cul de Paris. Auf dem Kopf trug sie einen weißen Strohhut mit schwarzen Schleifen und einem hohen Strauß von Margeriten. Sie stand da, sah mich kaum an, gab mir auch keine Hand und sagte nur: ›Bist auch da!‹«*
>
> *aus: Lena Christ, Erinnerungen einer Überflüssigen, S. 21*

Mit ihren Ersparnissen machten sich nun die Köchin und der Metzger selbstständig und erwarben eine Gastwirtschaft in der Adalbertstraße 15. Aber bereits ein Jahr später zog die Familie Isaak in die Schraudolphstraße 28 und wenige Monate danach in die Glückstraße 13, wo Lenas Eltern wieder eine Gastwirtschaft betrieben. Mitte 1890 kauften sie ein Mietshaus mit Metzgerei in der Buttermelcherstraße 21 und wohnten schließlich, nachdem Josef Isaak sein Vermögen durch

»einen Bauschwindler«, wie Günter Goepfert dies darstellt, verloren hatte, nur für kurze Wochen in der Buttermelcherstraße 17, dann in der Sandstraße 31a und darauf in der Schraudolphstraße 21. Später pachtete Lenas Stiefvater eine »Kantine« im Lechfeld und ließ sich endlich mit seiner Familie als Wirt in der Sandstraße 34 (heute 45) nieder. Eine Gedenktafel dort erinnert an Lena Christ und ihre Jahre als Wirtsleni.

DIE FAMILIE

Lenas Mädchenjahre waren keine glücklichen. Allerdings sind ihre »Erinnerungen« nicht, wie dies bei Goepfert und anderen oftmals geschieht, als Autobiografie zu lesen, welche die Wirklichkeit getreu nacherzählt. Denn vieles ist zeitlich gerafft und verkürzt dargestellt, die Namen sind abgeändert (so heißt ihr Stiefvater dort Joseph Zirngibl, nicht Isaak) – es wurde eben alles literarisch-fiktiv bearbeitet.

Lena Christ stellte die Zeit als »Wirtsleni« überwiegend als eine qualvolle dar, als eine beständige Flucht vor der strengen Mutter, erfüllt von der allgegenwärtigen Angst, den Erwartungen nicht zu genügen und dafür bestraft, ja körperlich bis aufs Blut gezüchtigt zu werden. Lena litt unter der mütterlichen Kälte und Zurückweisung. Sie musste neben dem Schulbesuch in der Wirtschaft kräftig mitarbeiten und ihre Halbbrüder Wilhelm, Josef und Friedrich beaufsichtigen. Untadeliges Benehmen und beständige Anpassung bzw. Unterordnung waren gefordert. Dem energisch-aufbrausenden Wesen der Mutter stand eine ungezähmte, phantasiebegabte Tochter gegenüber. Das konnte auf Dauer nicht gutgehen. Denn Lena, gewohnt an ländliche Ungebundenheit, an den Glonner Dialekt und ein bäuerliches Verhalten, fiel zunächst in der städtischen Umgebung und in der Münchner Schule unangenehm auf. Später entwickelte sie sich allerdings zur guten Schülerin und zählte schließlich zu den Besten. Ihr Glonner Lehrer Alexius Strauß erinnerte sich, wie Günter Goepfert anführt: »Aufsätze wie die ihren hat es in der Glonner Volksschule noch nie gegeben.«

Die Eltern (Heirat 1888): Mutter Magdalena und Stiefvater Josef Isaak (1863–1940)

Einmal wollte Lena aus Angst vor der zu erwartenden Strafe nach Glonn zu den Großeltern fliehen, brach aber erschöpft in Zorneding zusammen und wurde mit einer Lungenentzündung zurück nach Hause gebracht. Ihr gutmütiger Stiefvater Josef Isaak pflegte sie gesund, aber das Verhältnis zur Mutter wurde immer belasteter. Schließlich kam es zu brutalen Misshandlungen, so dass der von einer Nachbarin zu Hilfe gerufene Großvater eingriff und Lena für ein Jahr (vom Sommer 1892 bis Mitte 1893) wieder nach Glonn zu sich und zur Großmutter holte. Offenbar machte Lena die häufigen Umzüge der Eltern während dieser Zeit nicht mit, das könnte auch der ausschlaggebende Grund für ihre Unterbringung bei den Großeltern gewesen sein. Denn mit ihr war dort zugleich auch der zweite Bruder Friedrich in Kost gegeben.

Lena Christ hatte drei Halbbrüder: Josef, geboren am 23. Februar 1891, Friedrich, geboren am 29. Januar 1893, und Wilhelm, geboren am 17. April 1895. In Lenas »Erinnerungen« erhielten sie die Namen Hansl, Maxl und Ludwigl. Die drei Brüder

Die Halbbrüder: Josef (geb. 1891), Friedrich (geb. 1893) und Wilhelm (geb. 1895) Isaak, um 1897/98

waren gutmütig und der Mutter gegenüber nachgiebig. Josef arbeitete später bei einer Versicherung und starb mit 65 Jahren am 6. November 1956. Friedrich war in einer Bank beschäftigt und starb achtzigjährig 1973. Er unterhielt später das Grab der Lena Christ. Wilhelm, der jüngste Bruder, fiel am 10. Juni 1917 im Ersten Weltkrieg an der Westfront.

Als die Eltern in die Sandstraße 34 (heute 45) gezogen waren, kamen die Kinder wieder nach München. Nach anfänglich gutem Auskommen mit der Mutter, die nicht an Lob für ordentliches Betragen sparte, kam es bald wieder zu Missverständnissen und Gewaltausbrüchen. Die zu sehr in den Realien ihrer Gasthauswelt verhaftete Mutter konnte ihrer musisch talentierten Tochter kein Verständnis entgegenbringen. So wurde das schöne Firmungskleid, auf das Lena so stolz war, gleich weiterverkauft und ihr die geliebte Puppe – ein Weihnachtsgeschenk – aus vermeintlich erzieherischen Gründen an Ostern weggenommen.

TOD DES GROSSVATERS

Die Sommerferien 1894 verbrachte Lena gemeinsam mit einer Freundin auf dem Lande bei ihrer Tante in Haslach, das nur etwa eine halbe Stunde Fußweg von Glonn entfernt lag. Zu dieser Zeit war der geliebte Großvater bereits schwer krank. Er starb zu Lenas übergroßem Entsetzen – sie fiel in Ohnmacht und wollte sich später aus dem Fenster stürzen –, ohne dass sie ihn noch einmal hatte sehen dürfen. Am 8. Dezember 1894 wurde Mathias Pichler beerdigt. Die in ihre grenzenlose Trauer verstrickte Lena erzwang die nochmalige Öffnung des Sarges. Den Anblick des toten Großvaters sollte die Dreizehnjährige nie vergessen.

»Indem traten die vier Männer, welche nach der Aussegnung den Sarg zum Friedhof zu tragen hatten, in die Stube. Flehentlich bat ich sie, ihn nochmals zu öffnen, damit ich den Großvater noch einmal sähe. Und als sie endlich meinen Bitten nachgaben, schrie ich laut vor Schreck und Weh: der Tote hatte Augen und Mund weit offen und war furchtbar entstellt, teils von dem entsetzlichen Leiden der letzten Tage, teils von der vorgeschrittenen Verwesung.«

aus: Lena Christ, Erinnerungen einer Überflüssigen, S. 71

Aus dem frech-aufgeweckten Landkind war inzwischen ein Großstadtkind geworden. Zwar musste Lena im elterlichen Gasthaus kräftig mit anpacken, aber es gab für sie – nachdem sie den Tod des Großvaters verwunden hatte – in den folgenden zwei bis drei Jahren auch Bestätigung und allem Anschein nach, wie Goepfert meint, auch häusliche Harmonie.

SÄNGERIN UND PILGERMÄDCHEN

In diesen Jahren wurde Lenas schöne Singstimme entdeckt. Bereits seit einiger Zeit hatte sie Unterricht an der »Zentralsingschule«, und jetzt durfte sie im Kirchenchor von St. Benno und bald auch Solo bei den Gottesdiensten singen. Inzwischen war Lenas Volksschulzeit beendet und sie kam aus der »Werktagsschule« in die »Mittwochsschule«, da ihr – wie sie schreibt – der Besuch einer »höheren Schule« von der Mutter verwehrt wurde. Allerdings muss man bei dieser Aussage beachten, dass es zu jener Zeit, also noch vor 1900, kaum höhere Bildungsmöglichkeiten für Mädchen gab. Auch sah das Bürgertum dies damals für seine Töchter als überflüssig an, da diese ja doch einmal Ehefrauen und Mütter würden.

Mädchenbildung

»Seit Ludwig I. erfolgt die Wiedereinrichtung der Mädchenschulen und unter Prinzregent Luitpold (1886–1912) werden in Bayern viele Schulen gebaut sowie Reformen des höheren Schulwesens durchgeführt wie in den Jahren 1891–97 und 1912–14. Die letzte Reform bringt dann endlich auch eine grundlegende Veränderung im höheren Mädchenschulwesen mit sich. Gegen Ende des 19. Jahrhunderts entsteht zunächst der Typus des Mädchen-Lyzeums. Das bedeutet, die (Grund-)Schulzeit verlängert sich auf sechs weiterführende Jahre, also mit der Volksschulzeit können die Mädchen nun insgesamt zehn Unterrichtsjahre absolvieren. Ein höherer Abschluss, wie z. B. für die Knaben das Gymnasium und damit die Hochschulreife, ist für Mädchen damals noch nicht möglich gewesen.«

aus: Frauenleben in Bayern, S. 101 (Panzer)

An dieser Stelle muss man festhalten, dass Lena Christ also durchaus kein unbedarftes Mädchen vom Land war, denn sie hatte die meiste Zeit ihres Lebens in der Großstadt München zugebracht. Ihre Liebe galt jedoch dem Bäuerlichen, der Welt ihrer Großeltern und ihrer Kleinmädchenzeit, zu der sie sich emotional und literarisch hingezogen fühlte.

Zunächst aber fand Lena großen Gefallen daran, »ein braves Pilgermädchen bei der Münchner Wallfahrerbruderschaft zu werden« und zum Lob der Muttergottes an den Gnadenstätten in Andechs, Altötting und Grafrath Marienlieder zu singen. Lena wurde dafür von ihrer gläubigen Mutter ausgestattet; sie erhielt ein weißes Kleid mit einem »himmelblauen Schulterkräglein« und um ihren Hals baumelte am blauen Band ein Silberherz, ein » weißblaues Kränzlein« im Haar und ein Pilgerstab mit Kreuz komplettierten die »Uniform unserer lieben Frau«. Die bewegenden Eindrücke, die Lena auf diesen Pilgerreisen sammelte, verstärkten ihre Affinität zum katholischen Glauben und führten letztendlich auch zu ihrem späteren Klosteraufenthalt.

Ein Zwischenspiel gab es noch. Lena, jetzt fünfzehn Jahre alt, verliebte sich in den neuen Geistlichen der Pfarrei: »Wie oft stand ich zitternd vor ihm und sah ihn mit den verliebtesten Augen an oder küßte ihm stürmisch seine Hand. Dann blickte auch er mich freundlich an, streichelte mir die Wange, und sagte: ›Ja, ja, Kind, du bist halt mein Singvogel!‹« Der Priester war jung und behandelte sie freundlich, sprach ihr Trost zu, wenn

Das Pilgermädchen: Die fünfzehnjährige Lena (erste Reihe, 4. von links)

sie sich über die harte Arbeit im elterlichen Gasthaus beklagte. Sie erinnert sich: »Bald war ich in der Küche das Spülmädchen oder die Köchin, bald in der Gaststube die Kellnerin.« Vor allem aber die Anzüglichkeiten, ja Zudringlichkeiten mancher männlichen Gäste waren dem Pilgermädchen zuwider. Als der Priester in eine andere Pfarrei versetzt wurde, hielt sie weiterhin Kontakt und wurde durch seine Vermittlung an der dortigen Kirche erste Sopranistin und Solosängerin. Diese unschuldige Schwärmerei fand bald durch den Weggang des jungen Geistlichen ihr Ende.

ENDE DER MÄDCHENZEIT

Lena war gesundheitlich nicht sonderlich stabil. Sie war bleichsüchtig und litt bei Erregung an Ohnmachtsanfällen. Als ihre Brüder Diphterie bekamen, steckte sie sich an und musste wochenlang das Bett hüten. Kaum wieder genesen, kam es zu einem neuerlichen Zerwürfnis mit der unduldsamen Mutter, die Lena mit dem »Ochsenfiesel« blutig schlug. Lena flüchtete aus dem Haus, bekam unterwegs eine Lungenentzündung, wurde von mitleidigen Menschen aufgegriffen und ins Krankenhaus an der Nußbaumstraße nach München zurückgeschafft. Nach

Münchner Fasching: Die Wirtsleni als Biedermeierdame, vor 1901

Wochen wieder Zuhause, sprach Lenas Stiefvater, der sich sonst nicht in die Kindererziehung seiner Frau einmischte, ein Machtwort und befriedete dadurch das Zusammenleben für einige Zeit.

Lena und ihre Mutter kamen aber auf Dauer nicht miteinander aus. Gemäß des Biografen Goepferts Auffassung konnte die Mutter, die nach Wohlanständigkeit strebte, Lenas uneheliche Geburt nicht verwinden, war daher abweisend und grob. Lena wiederum konnte dem Leitbild einer reschen Wirtstochter, die zupackend und devot gegenüber den Eltern war, nicht genügen. Der Lebensentwurf einer wohlgelittenen und rechtschaffenen Haustochter war gescheitert und musste durch einen neuen ersetzt werden.

3 Die Lehrkandidatin

Das häusliche Leben wurde immer unerquicklicher für die inzwischen siebzehnjährige Lena. Sie strebte aus dem Wirtshausleben hinaus. Aber wohin?

Lena Christ erinnert sich: »Da besuchte uns ein junges Mädchen, welches sich vor seinem Eintritt ins Kloster noch von einer meiner Basen, die bei uns in Dienst war, verabschieden wollte. Diese schilderte mir den Beruf und das Leben der Nonnen so schön, daß ich voller Begeisterung beschloß, ebenfalls ins Kloster zu gehen.«

KLOSTER URSBERG

Begleitet von ihrer Mutter fuhr Lena mit dem Zug nach Kloster Ursberg, das im Landkreis Günzburg in Bayerisch-Schwaben liegt. In ihren »Erinnerungen« heißt das Kloster »Bärenberg«. Zu Lenas großem Erstaunen hatte die Mutter sofort zugestimmt und gemeint: »Kost's, was's mag, wannst nur recht a brave Klosterfrau wirst!« Dabei war es zunächst gar nicht einfach, in einem Kloster aufgenommen zu werden. Die Englischen Fräulein kamen wegen der zu hohen finanziellen Mitgift nicht in Frage; ein Pater empfahl sie dann auf Lenas Wunsch hin nach Kloster Ursberg, »denn daselbst könne ich Lehrerin, oder was ich wolle, werden.«

Offenbar waren Lena und ihre Mutter nacheinander bei Pater Aloys vorstellig geworden. Denn am 29. November 1898 berichtete dieser an den Superior des Klosters: »Gestern war ihre Mutter bei mir. Dieselbe macht einen guten Eindruck und hat mir viel Schönes von ihrem Kinde erzählt.« Solche Aussagen stehen im krassen Gegensatz zur Darstellung der Mutter-Tochter-Beziehung in Lena Christs »Erinnerungen«. Offenbar hatte Lenas Mutter den Wunsch nach einem religiösen Leben ihrer Tochter nach Kräften unterstützt.

Empfehlungsbrief von Pater Aloys, Guardian (München, den 21. November 1898) für Magdalena Pichler (Lena Christ):

Lena Christ im Alter von 17 Jahren

»Hochwürdiger, Hochwerthester Herr Superior!
Vor einigen Tagen hat mich ein Mädchen inständig gebeten, mich für dasselbe bei Euer Hochwürden zu verwenden, damit es Aufnahme in Ursberg finde. Das Mädchen macht einen sehr guten Eindruck. Da ich aber dasselbe nicht näher kenne, so trug ich ihr auf, mir nähere Notizen über ihr Leben zu geben, sowie ihre Schulzeugnisse mir zu überbringen. Ich erlaube mir dieselben beizulegen, auch bitte ich die Rückantwort an mich zu adressieren. Vielleicht können Euer Hochwürden an diesem

armen Geschöpfe ein gutes Werk thun. Verzeihen Euer Hochwürden, wenn ich Sie immer und immer wieder belästige. Ich habe aber Vertrauen zu Ihnen und zu Ihrer Congregation und wo man Vertrauen hat, dahin wendet man sich auch gern.
In alter Verehrung und Hochachtung
Euer Hochwürden dankbar-ergebenster P. Aloys, Guardian.«

Quelle: Archiv Kloster Ursberg, betr. Lena Christ/Magdalena Pichler

In Ursberg, einem ehemaligen Prämonstratenser-Kloster, war seit 1884 die St. Josefs-Kongregation der Franziskanerinnen beheimatet. Dominikus Ringeisen, der Gründer, hatte dort mit Hilfe der Schwestern eine Einrichtung zur Pflege von körperlich und geistig Behinderten ins Leben gerufen. Zugleich war das Kloster auch eine Bildungsstätte für Mädchen.

Nach Auskunft des Klosterarchivs wurde Lena Pichler (Christ) in die klösterliche Lehrerbildungsanstalt als »Lehrkandidatin« am 4. Dezember 1898 aufgenommen. Sie blieb dort bis zum 1. März 1900.

Auflistung der Ausgaben Lenas während ihres Klosteraufenthalts 1899:

Taschengeld	*5.– Mark*
Für 1 Brille	*4.– Mark*
Für Reise	*2,40 Mark*
Arzt	*1,50 Mark*
Reisekosten	*4.– Mark*
1 Violine	*40.– Mark*
1 Leibchen	*–,65 Mark*
1 graues u. 1 Werktagskleid	*18,80 Mark*
Schuhreparaturen	*7,90 Mark*
1 schwarzes Kleid	*13,50 Mark*
1 schwarze Schürze	*1,70 Mark*
1 Sonntagsschürze	*1,50 Mark*
Für Saiten	*2,60 Mark*
1 Kräglein	*1,40 Mark*
3 Hüte	*5,50 Mark*
Diverses	*3,80 Mark*

Schreibmaterialien	*1,18 Mark*
Für Benutzung der Bücher	*3.– Mark*

Klosterarchiv Ursberg, betr. Lena Christ/Magdalena Pichler

Auf Lenas Erfassungsbogen steht unter dem 18. Dezember 1898 »Musikkandidatin« handschriftlich verzeichnet. Ihr Vater wurde als verstorben angeben, als zweiter Vater Josef Isaak, Gastwirt. Lenas Gesundheitszustand befand man für »gut« und verzeichnete als Vermögen: »Vom ersten Vater nichts, vom II. V(ater) das Nothwendige: Kleidung, (…) Bett und Zubehör.« Lenas schulischer Werdegang umfasste: in München Amalienschule drei Jahre, zwei Jahre Hl. Geist, zwei Jahre Amalienschule, Feiertagsschule in der Gabelsbergerschule; als weitere Ausbildung wurde vermerkt: »zu Hause: Kochen, Waschen, Putzen, Nähen, Bügeln.«

Im Schuljahr 1896/97 war in München das achte Volksschuljahr für Mädchen eingerichtet worden, allerdings war der Besuch bis zum Schuljahr 1913/14 freiwillig. Lena scheint nach obigen Angaben nur die sieben obligatorischen Volksschuljahre absolviert zu haben.

Lenas eigenhändiger Lebenslauf für die Kloster-Bewerbung:
»München, am 15. November 1898
Hochwürdiger Pater Guardian!
Ihrem Wunsche gemäß schreibe ich jetzt kurz meinen Lebenslauf nieder.
Mein Name ist Pichler Magdalena; ich bin außerehelich geboren am 30. Oktober 1881 zu Glonn; ich bin jedoch seit dem Jahr 1888, wo meine Mutter heiratete, heimatberechtigt in München. Ich wurde während meiner ersten 7 Lebensjahre von meiner Großmutter erzogen. Da besuchte ich auch die Volksschule ein Jahr lang. Mit meinem 7ten Lebensjahre kam ich zu meinen Eltern nach München. Hier besuchte ich nun die Werktagsschule an der Amalienstraße, aus welcher ich mit beiliegendem Zeugnisse entlassen wurde. Ich kam hierauf an die Gabelsbergerschule, in welcher ich die Mittwochschule und Christenlehre besuchte. Auch von dieser Schule liegen die

Zeugnissse bei. Nachdem ich nun ganz aus der Schule entlassen war, mußte ich im Hause thätig sein. Dabei lernte ich Hausarbeit, Kochen, Zimmerarbeit, Handarbeit und auch etwas Klavierspiel. Meine Eltern haben ein Gasthaus gepachtet in der Sandstraße 34 Pfarre St. Benno. Ich habe auch noch drei kleine Brüder, von denen der älteste erst 8 Jahre ist. Es ist schon seit meiner Kindheit an mein Verlangen, mich von der Welt zurückzuziehen und in ein Kloster zu gehen. Allein bei einem außerehelichen Mädchen ist hart zu suchen. Meine Mutter frug schon bei mehreren hiesigen Klöstern nach; nirgends wurde ich jedoch aufgenommen. Bei den englischen Fräulein wäre ich allerdings genommen worden, aber das hätte eine Masse Geld gekostet; da meine Brüder auch ganz unversorgt sind, so konnten es meine Eltern nicht bestreiten; denn meine Eltern haben auch nicht viel mehr als das Geschäft. Ich dachte also, es sei der Wille Gottes, daß ich aus dem Kloster bleibe. Da hörten wir vom Kloster Ursberg; und deshalb bitt ich Euer Hochwürden, in dem besagten Kloster nachzufragen, ob ich in dasselbe aufgenommen werden kann, oder nicht. Meine Eltern lassen auch um Näheres bitten über die Aussteuer, damit ich mir dieselbe bis zum Eintritte richten kann. Ich bekomme von meiner Mutter außerdem auch noch 400–500 M(ark) Bargeld.
Indem ich nochmals herzlich bitte, daß sich Euer Hochwürden meiner annehmen wolle, verbleibe ich
In Demut mich beugend vor Gottes Wille
Hochachtungsvoll ergebenst
Pichler Magdalena
Gastwirtstochter in München
Sandstraße 34/0.«

Quelle: Archiv Kloster Ursberg, betr. Lena Christ/Magdalena Pichler

DAS LEBEN IM KLOSTER

Nach eingehender Prüfung kam Lena in den »zweiten Kurs« des Seminars als »Lehramtsschülerin«. Bald jedoch wurden ihr musikalisches Talent und ihre Vorbildung entdeckt; das machte Lena zur »Musikkandidatin«. Ihre Lehrerin war Schwester

Cäcilia, mit der sie bald ein vertrauensvoll-freundschaftliches Verhältnis verband.

Rasch machte Lena Fortschritte im Klavier- und Violinspiel und trat als Sängerin sowie Darstellerin in geistlichen Spielen hervor. Gut angesehen war sie aber trotzdem nicht. Noch allzu sehr im Irdischen verhaftet, fiel ihr die geforderte Unter- und Einordnung schwer. So fühlte sie sich ausgegrenzt und von Missgunst umgeben. Eine drohende Entlassung nach knapp einem Jahr Aufenthalt konnte durch den Besuch der Mutter noch abgewendet werden. Allerdings hatte Lena, so erinnerte sie sich, »alle Freude am Klosterleben verloren und ging nun wie ein Schatten herum, hatte nicht Lust noch Leid, aß nicht mehr und fing an zu kränkeln.« Sie schrieb ihrer Mutter, dass sie nicht mehr »Klosterfrau« werden wolle.

Daraufhin beorderte die Mutter Lena wieder nach München. Diese nahm im März 1900 Abschied von Kloster Ursberg und kehrte ins elterliche Gasthaus zurück.

Fünfzehn Monate hatte es Lena im Kloster Ursberg ausgehalten. Offenbar war sie nicht für das religiöse Leben berufen. Ein damaliger Schülerinnenbogen bewertete sie: »Pichler Magdalena ist immer noch nicht ganz wahr, immer noch prahlerisch; sehr empfindlicher, sehr stolzer Gesinnung (Solo-Gesang). Aus der letzten Zeit liegen Naschhaftigkeiten und Lügen vor (verschiedene Lügen auch aus dem Musikzimmer).«

Lena Christ ließ in ihren »Erinnerungen« kein gutes Haar am klösterlichen Leben, an ihren Mitschülerinnen und den Klosterfrauen. Ganz im Gegensatz dazu steht folgender Abschiedsbrief, der im Klosterarchiv aufbewahrt wird:

»München, den 2. 3. 1900
Hochwürdiger Herr Superior!
Würdige Mutter!
Im Gefühle inniger Dankbarkeit sage ich Ihnen tausendmal Vergelts Gott für Ihre große Liebe und Sorgfalt, mit der Sie mir Führer im geistlichen Leben waren. Nichts war Ihnen zu viel mich vom sichern Verderben zu retten. Doch da ich selbst zu nichtig bin, Ihnen gebührend zu danken, so will ich den

lieben Heiland bitten, er wolle statt meiner tausendfach lohnen, was Sie mir Gutes erwiesen haben. Ich bitte Sie von Herzen um Verzeihung für die vielen Fehler, die ich mir zu Schulden kommen ließ. Doch verspreche ich Ihnen auch, daß ich mit Gottes Hilfe um Gnade nicht aufhören will zu kämpfen und zu beten. Ich bitte Sie daher inständig um den mächtigen Beistand Ihres Gebetes. Ich kam gut in München an. Es ist jetzt meine Aufgabe, meine Eltern durch Beihilfe im Geschäfte zu unterstützen. Gebe Gott, daß ich in allen Lebenslagen nie auf ihn vergesse.

Indem ich auch von meinen Eltern die besten Grüße beifüge, verbleibe ich in aller Liebe und Hochachtung

Ihre

dankschuldige Magdalena.«

Quelle: Archiv Kloster Ursberg, betr. Lena Christ/Magdalena Pichler

Wieder daheim im Wirtshaus und in der Großstadt fühlte Lena sich zunächst fehl am Platz, wie einige Sätze aus dem Brief vom 26. März 1900 an die »würdige Mutter« von Kloster Ursberg beweisen: »Es geht mir ganz gut; meine Eltern tragen mich auf den Händen. Trotzdem ist mir die Welt mit ihren Grundsätzen ziemlich fremd geworden. Dürfte ich Sie um Einschluß in das Hl. Gebet bitten, daß ich brav bleibe.«

Auch Lenas Lebensentwurf einer Klosterfrau und Musiklehrerin war gescheitert. Nun galt es, einen anderen Weg zu finden.

4 Die Ehefrau und Mutter

Lena Christ schreibt in ihren »Erinnerungen«: »Also begann ich wieder die Wirtsleni zu sein; und obschon mir anfangs gar nicht wohl war in dem weltlichen Getriebe eines Gasthauses, so fand ich mich doch bald wieder darin zurecht ... Da mußte ich denn wieder wie früher die Gäste bedienen und auch die übrigen Arbeiten der Kellnerin verrichten. / Gewöhnlich aber blieb ich am Vormittag in der Küche, während die Mutter sich im Lokal mit den Gästen unterhielt, ihre drei bis vier Weißwürste aß und etliche Krügl Bier trank; denn der Vater war häufig vormittags am Schlacht- und Viehhof oder in der Stadt.«

IN STELLUNG

Obwohl Lena die Arbeit im Gasthaus gefiel und sie nach eigener Aussage auch »sehr ehrgeizig« war, kam es immer wieder zu heftigen Auftritten mit der Mutter. Sie riss die Neunzehnjährige an den Haaren, verpasste ihr kräftige Ohrfeigen und Stockschläge. Lena wurde »wieder trübsinnig und verlor alle Lust zum Schaffen und schließlich auch zum Leben.« Sie schnitt sich die Pulsadern auf, konnte jedoch gerettet werden.

Aber es war kein Bleiben mehr Zuhause. Ihre Base, wohnhaft in der Münchner Vorstadt Giesing, nahm sie einstweilen zu sich. Auf deren Anraten besorgte sich Lena eine Anstellung mit Unterkunft und fand beides als Schenkkellnerin, Bedienerin und »zweite Köchin« in der Münchner Gaststätte »Floriansmühle«. Da kam sie gut zurecht und war bald der umschwärmte Mittelpunkt der jungen Herren, die dort verkehrten. Wegen ihres wippenden Ganges wurde sie liebevoll das »Bachstelzerl« genannt.

Jedoch kaum zwei Monate später erschien die Mutter und holte ihre Tochter wieder nach Hause. Lena folgte nur allzu gern, denn sie war ja eine »Bürgerstochter« und kein Mädchen aus armen Verhältnissen, das sich verdingen musste.

BRAUTSCHAU

Lena war inzwischen zu einer attraktiven jungen Frau herangewachsen. Sie wurde von ihrer Mutter fein ausstaffiert mit blauen Musseline-Kleidern in Matrosenform, ergänzt mit weißen Batistkrägen und Spitzenschürzen, an den Füßen Lackschuhe, um den Hals eine Korallenkette und den Kopf bekrönt von ihrem aufgesteckten blonden Haar. Dergestalt machte Lena einen adretten und wohlhabenden Eindruck auf die männlichen Bewerber, die sich nun einer nach dem anderen einstellten. Ein Drechsler, ein Briefträger, ein Braumeistersohn, ein Schlossermeister, ein Schneidermeistersohn, ein Hausbesitzersohn, ein Eisenbahnexpeditor, ein Hausbesitzer, ein Realitätenbesitzer und Tandler, ein Hafnermeister, ein Feinbäcker – alle wurden abgewiesen. Schließlich verlobte sich Magdalena Pichler mit einem jungen Mann aus der Nachbarschaft: Anton Leix, der in ihren »Erinnerungen« den Namen »Benno Hasler« trägt. Ihre Entscheidung, mit Anton Leix die Ehe einzugehen, entsprang aber nicht einer aufblühenden Liebe, sondern dem Wunsch, der elterlichen, das heißt mütterlichen, Herrschaft zu entkommen und ein eigenes bürgerliches Familienleben zu führen. Schließlich war die Ehe und damit auch die Versorgung das Lebensziel eines jeden Mädchens der damaligen Zeit.

DER BRÄUTIGAM

Anton Leix, Lenas Bräutigam, war von Beruf kaufmännischer Angestellter; er wird auch als Buchhalter und Geschäftsführer bezeichnet. In den »Erinnerungen« stellte sich Lenas Bräutigam mit den Worten vor: »Ich bin der einzige Sohn, erb einmal das Haus mitsamt dem ganzen Holzg'schäft und vorläufig hab ich mein gutes Einkommen als Prokurist des alten, feinen Hauses Protus Stuhlberger.« Aber Anton war nicht der einzige Sohn der Eheleute Johann und Elise Leix, sondern hatte noch einen jüngeren Bruder Johann, der nach dem Vater benannt war.

HEIRAT UND MITGIFT

In ihrer Dissertation über Lena Christ meint nun Gugel, dass diese Ehe mit Anton Leix für Lena und ihre Mutter »einen sozialen Aufstieg« bedeutete. Wohingegen Goepfert urteilt: »Galt die Familie Leix zwar als nicht so wohlhabend wie die Isaaks,

Die Schwiegereltern: Ehepaar Leix mit den Söhnen Anton (Mitte) und Johann (rechts), um 1900

so war sie doch begütert.« Beide Familien wohnten in der Nachbarschaft und beide Familien genossen ein gewisses gesellschaftliches Ansehen. Sie gehörten als selbstständige Geschäftsleute mit Hausbesitz der wohlhabenden bürgerlichen Mittelschicht Münchens an.

Das Haus der Familie Leix lag ebenfalls in der Sandstraße (Nr. 3) zwischen Nymphenburger- und Dachauerstraße im Münchner Stadtviertel Neuhausen unweit des Löwenbräukellers am Stiglmaierplatz. Neuhausen, das ehemalige Dorf am westlichen Rande Alt-Münchens, war bereits 1890 eingemeindet worden und zu einem lebendigen Stadtteil herangewachsen, in dem etwa 12 000 Einwohner lebten. Benachbart lagen die Villenviertel von Nymphenburg und Gern, die beide 1899 zur Großstadt München gekommen waren.

Hier in der Sandstraße zu Neuhausen erhielt das junge Paar nun eine frisch renovierte Wohnung, oberhalb der (schwieger-)elterlichen. Man richtete sich »altdeutsch« ein und stellte nach außen hin gediegene Bürgerlichkeit zur Schau.

Zunächst dachte die junge Braut jedoch bloß, »ob ich wohl ein seidenes Brautkleid kriegen würde.« Dann kam die Überraschung einer reichlichen Mitgift. 30 000 Mark Muttergut und 8000 Mark Vatergeld soll Lena Pichler in die Ehe eingebracht haben. Über die unerwartete Höhe der Mitgift debattieren nun die Christ-Biografen. Obermair rechnet Lenas Alimente über die Jahre hoch mit angenommenen Zinsen und eventuell weiteren Abfindungszahlungen. Andere vermuten dahinter einen vermögenderen Vater, der Karl Christ nur vorschob, jedoch ein hübsches Sümmchen dafür bezahlte. Aber all das ist Spekulation und kann mit nichts belegt werden.

Ansehnliche Mitgiftzahlungen für die Töchter des Hauses waren durchaus keine Seltenheit. So bot ein Vater aus höheren bürgerlichen Kreisen in einer im Jahre 1900 veröffentlichten Heiratsanzeige für seine 25-jährige Tochter als Mitgift ein Kapital von 100 000 Mark, das 5000 Mark an Jahreszinsen sicherstellte. Gewünscht als Schwiegersohn waren Akademiker und Beamte.

1916 gaben Lenas Eltern der Polizeidirektion München Auskunft über ihre Vermögensverhältnisse. Demnach schätze man das Anwesen in der Sandstraße auf 135 000 Mark und die Gastwirtschaft auf 2 000 Mark; diese warf jährlich einen Reingewinn von 1000 Mark ab. Zudem war der Besitz mit 95 000 Hypotheken- und 20 000 »Kurrentschulden« belastet. Das durchschnittliche Jahreseinkommen der bayerischen Bevölkerung lag 1913 (also vor dem Ersten Weltkrieg) bei 625 Mark, wie Axel Schnorbus in seiner Dissertation feststellt. 1914 hatte München 626 000 Einwohner und 2103 Gaststätten, davon überstanden die ersten Kriegsjahre 1310. Das heißt, das Vermögen der Familie Isaak war bereits durch den Krieg schwer in Mitleidenschaft gezogen. Immerhin hatten sie damals noch ein überdurchschnittliches Einkommen. Von Lenas Hochzeit 1901 bis zu dieser Vermögensauskunft waren allerdings 15 Jahre vergangen, so dass wir von einer günstigeren Finanzlage der Brauteltern an der Jahrhundertwende ausgehen können.

Der Hochzeitstag (12. November 1901) kam und Lenas Mutter schwankte in ihren Empfindungen zwischen dem Stolz der

Die Hochzeit: Lena mit Ehemann Anton Leix, 1901

Brautmutter und wütendem Abschiedsschmerz. Außer sich soll sie gerufen haben: »Du sollst koa glückliche Stund haben, so lang'st dem Menschn g'hörst, und jede guate Stund sollst mit zehn bittere büaßn müaßn. Und froh sollst sei, wannst wieder hoam kannst; aber rei kimmst mir nimma.« Allerdings schwächte sich dieser bittere Fluch am Ende des Hochzeitstages beim Abschied nehmen ab in: »So, gehst scho! I wünsch dir halt an guatn Ei'stand und a g'ruhsame Nacht! Feier dein goldnen Tag recht schö und laß di bald wieder sehgn!«

Aber die Ehe wurde keine glückliche. Die junge Ehefrau sah sich der »nimmersatten Willkür und den schrankenlosen Wünschen« ihres Gatten ausgesetzt. Schon bald wurde Lena klar, »daß es nicht die rechte Liebe war, die mich mit Benno (= Anton Leix) verband.«

EHELEBEN UND KINDER

Lena Christ erinnerte sich, dass sie ihrer Schwiegermutter zu Beginn der Ehezeit von ihrer »Bleichsucht« erzählte. Zudem hätte sie »die Reife des Mädchens erst vor wenigen Wochen zum erstenmal erfahren«, wohingegen bisher nur »Ohnmachten eine gewisse Zeit andeuteten.« Dennoch bekam das junge Ehepaar drei Kinder: Anton (Toni), geb. am 1. November 1902 (gest. 1973), Magdalena (Leni), geb. am 27. Dezember 1903 (gest. 1998) und Alexandra (Alixl), geb. am 20. Dezember 1906 (gest. 1933).

Inzwischen kriselte es in der Ehe gewaltig. Anton Leix konsumierte immer mehr Alkohol, drangsalierte seine Frau und überwarf sich mit seinen Eltern. Deshalb zog die junge Familie Leix von der Sandstraße in die Lori- und wenig später in die Linprunstraße 49 (heute 35) um. 1907 war sie in der Sternstraße 10 und danach in der Klenzestraße 13 gemeldet. Allmählich begann auch der wirtschaftliche Abstieg der Familie. Zunächst noch von einem Dienstmädchen in der Hausarbeit unterstützt, wurde nun ein Zimmer der Wohnung untervermietet, damit Geld in die Haushaltskasse kam.

Anton Leix hatte sich unterdessen selbstständig gemacht und produzierte mit Hilfe seiner Frau Käse, der »in blaue

Schachteln verpackt wurde.« Aber allem Wirtschaften war kein Erfolg beschieden. Zuletzt verspekulierte Anton Leix noch das Vermögen samt der Mitgift seiner Frau. Der Bankrott war jetzt nicht mehr abzuwenden. Desgleichen war die Ehe am Endpunkt angelangt.

Rechtliche Stellung der Ehefrau

Das Bürgerliche Gesetzbuch von 1900 schrieb die Abhängigkeit der Ehefrau von ihrem Ehegatten fest:
»§ 1345. Dem Manne steht die Entscheidung in allen das gemeinschaftliche eheliche Leben betreffenden Angelegenheiten zu; er bestimmt insbesondere Wohnort und Wohnung ... § 1356. Die Ehefrau ist ... berechtigt und verpflichtet, das gemeinschaftliche Hauswesen zu leiten. Zu Arbeiten im Hauswesen und im Geschäfte des Mannes ist die Frau verpflichtet, soweit eine solche Thätigkeit nach den Verhältnissen, in denen die Eheleute leben, üblich ist ... § 1363. Das Vermögen der Frau wird durch die Eheschließung der Verwaltung und Nutznießung des Mannes unterworfen (eingebrachtes Gut). Zum eingebrachten Gut gehört auch das Vermögen, das die Frau während der Ehe erwirbt.«

Gesundheitlich angegriffen und völlig mittellos stand Lena mit ihren Kindern da. 1909 trennte sie sich von Anton Leix, der zu allem Überfluss auch noch wegen Unterschlagung straffällig geworden war.

Damit war Lenas Lebensentwurf einer gutsituierten bürgerlichen Ehe- und Hausfrau ebenfalls kläglich gescheitert.

Der siebenjährige Sohn Anton kam zu den Eltern seines Vaters, die zwei Töchter blieben zunächst bei der Mutter. Anton sollte ab diesem Zeitpunkt keinen Kontakt zu seiner Mutter mehr haben. Er studierte später Medizin und promovierte am 14. Mai 1931 zum Dr. med. Die unmündigen Kinder wurden einem berufsmäßigen Vormund namens Dr. Weitpert unterstellt.

Am 13. März 1912 wurde die Scheidung gerichtlich verfügt. Anton Leix, am 17. September 1914 aus der Haftanstalt Nürn-

Der Erstgeborene: Lena mit Sohn Anton Leix, genannt Toni (geb. 1902)

berg entlassen, lebte fortan mit seinem Sohn bei den Eltern in der Sandstraße, verehelichte sich aber später wieder und starb am 27. Oktober 1942 mit 64 Jahren. In ihren »Erinnerungen« ließ Lena Christ ihn als Tobsüchtigen in die psychiatrische Klinik verbringen und als geistig Umnachteten in der Kreisirrenanstalt enden.

5 Die Alleinstehende

Nun war Lena Christ am seelisch-körperlichen und sozialen Tiefpunkt ihres bisherigen Lebens angekommen. Sie erinnerte sich an diese schlimme Zeit: »Ich band meine Habe samt den Kindern auf einen Karren und zog dahin. (...) Das Haus war noch ganz neu, und das Wasser lief an den Wänden herab; wir schliefen auf dem Boden und bedeckten uns mit alten Tüchern und krochen zusammen, damit wir nicht froren. / Einige leichte Schreibarbeiten schützten uns vor dem Verhungern, wenngleich unser tägliches Mahl in nichts weiter bestand als in einem Liter abgerahmter Milch und einem Suppenwürfel, aus dem ich nebst einem Ei und etwas Brot eine Suppe für die Kinder bereitete. Ich selber aß fast nichts mehr und war so elend und krank, daß ich mehr kroch als ging.«

EIGENE WOHNUNG

Lena Leix (Christ) hatte mit ihren zwei Töchtern in einem Neubau eine Wohnung gefunden, die sie mietfrei trockenwohnten. Das Haus stand im Münchner Osten. Die damals sechsjährige Leni meinte später, wie Goepfert mitteilt, dass die Neubauwohnung wohl im Vorort Haidhausen gelegen sei: »Wenn ich nämlich in der Küche beim Balkonfenster stand, dann konnte ich Züge und viele Lichter der nahen Bahnanlage bewundern.«

Münchens Stadtentwicklung

Um 1900 setzte in München ein verstärkter Urbanisierungsprozess ein. Noch etwa 30 Jahre vorher bot die Stadt eher ein vorindustrielles Bild mit unwesentlich veränderter Altstadt. Jetzt waren innerstädtische Straßen verbreitert und elektrisch beleuchtet, Sichtachsen und Plätze angelegt sowie Stadtbäche überdeckelt und die Kanalisation vorangetrieben. Wegen des großen Bevölkerungswachstums wurden Neubauten notwendig. So erlebte München von der Gründerzeit bis zum Ersten Weltkrieg einen Bauboom. Neue Stadtviertel wurden dabei erschlossen. Das Großbürgertum errichtete exklusive Villen in Bogenhausen, in Schwabing und entlang der Isar entstanden Mietshäuser für Wohlhabendere sowie in Gern und Pasing – unter dem Einfluss der Gartenstadtbewegung – Ein- und Zweifamilienhäuser für mittlere bis gehobene Ansprüche. Die Arbeiterschaft und die kleinbürgerlichen Gewerbetreibenden wohnten zumeist in den alten Herbergsvierteln von Giesing, der Au oder Haidhausen. Nun entstanden hier – auch im Westend und in Sendling – neue Mietshäuser, wie beispielsweise das sogenannte Franzosenviertel in Haidhausen. Da der Anteil der Arbeiterhaushalte inzwischen auf 40 Prozent aller Haushaltungen gewachsen war, wurde bezahlbarer Wohnraum knapp. Die Miete für eine Dreizimmerwohnung wuchs 1905 bis 1909 von 40 auf 55 Mark im Monat an. Daher schufen Baugenossenschaften nun verstärkt preiswerten Wohnraum in den äußeren Stadtbezirken. Damals verlor München weitgehend seinen dörflichen Charakter und wurde großstädtisch. Wegen des anhaltenden Baubooms wurden allerdings auch billige Baumaterialien verwendet bzw. die Bauten mangelhaft hochgezogen. Die frisch erstellten Mietsblöcke konnten gegen geringes Entgelt »trockengewohnt« werden.

In den Münchner Stadtteilen Au, Giesing und Haidhausen standen zu jener Zeit noch die sogenannten Herbergen. In diesen ärmlichen Anwesen konnten einfache Leute Wohnanteile erwerben. Das Leben dort war allerdings mehr vom Kampf ums Überleben als von Wohlanständigkeit geprägt. Zeitgenössische Berichte sprechen von überfüllten Wohnungen, von Krankheit und hoher Säuglingssterblichkeit, von mangelhafter Ernährung und elenden hygienischen wie sanitären Verhältnissen. Niedrige Löhne bei langer Arbeitszeit waren normal; große Armut, Enge und rascher körperlicher Verfall – besonders bei den mehrfach arbeitsbelasteten Frauen – kennzeichneten das Milieu der Münchner Vorstädte.

Allerdings bewohnte Lena Leix (Christ) keine dieser Herbergen in Haidhausen, sondern eine Wohnung mit Balkon in einem neuen Mietshaus nahe des Münchner Ostbahnhofs. Demungeachtet beeindruckten die Herbergen und ihre Bewohner Lena Christ sehr, denn in ihrem späteren Roman »Rumplhanni« lässt sie die Heldin eine Zeitlang dort leben.

VERSUCHE DER EXISTENZSICHERUNG

Lena erzählt in ihren »Erinnerungen«, dass ihre Finanzen bald erschöpft waren und sie sich nach einer Arbeitsstelle umsehen musste. Von ihren Eltern und Schwiegereltern hatte sie keine Hilfe zu erwarten, da beide zu dieser Zeit ebenfalls knapp bei Kasse waren. Mit »einigen leichteren Schreibarbeiten«, wie sie sagt, hielt sich Lena mitsamt ihren zwei Töchtern notdürftig über Wasser.

Weibliche Erwerbsmöglichkeiten und Löhne

Eine umfangreiche Erhebung für die Jahre 1905 bis 1907 ergab, dass die Münchner Frauen-Durchschnittslöhne zwischen 7,50 und 17,50 Mark in der Woche lagen, das sind rund 400 bis 800 Mark im Jahr. Das erscheint hoch, allerdings entsprechen die Frauenlöhne damit nur den Löhnen der männlichen Lehrlinge auf der untersten Stufe. Berufstätigkeit der Frauen wurde damals allgemein geringgeschätzt und gering bezahlt. So erhielten Mägde in Oberbayern 1914 jährlich nur 129 Mark Barlohn. Auch zeigt das Budget einer alleinstehenden Arbeiterin in München den nicht ausreichenden Verdienst deutlich auf:

»18jährige Arbeiterin, früher Dienstmädchen,
jetzt Akkordarbeiterin.

Einnahmen / Wochenlohn	8,00 Mark
Ausgaben / Woche:	
Wohnung mit Frühstück und Abendkaffee	3,00 Mark
Brot für Pausen, Frühstück, Mittag- und Abendessen	1,40 Mark
Mittagessen in einem Kaffeegeschäft	1,80 Mark

Mittagessen am Sonntag	0,50 Mark
Seife, Bügelkohlen usw. für eigene Wäsche	0,20 Mark
Versicherungs- und Gewerkschaftsbeiträge	0,88 Mark
	7,78 Mark
Rest pro Woche	0,22 Mark

Kein Tropfen Bier bei den Mahlzeiten, in den Pausen nichts wie trocken Brot, am Abend nichts wie Kaffee und Brot, Fleisch nur am Sonntag Mittag, 22 Pf. wöchentlich bleiben für Beheizung, Beleuchtung und Kleidung. Lebt nach eigener Angabe mit Unterstützung ihres Liebhabers.«

aus: Frauenleben in Bayern, S. 40 (Plößl)

Arbeitsmöglichkeiten für Frauen waren spärlich gesät. In Frage kamen damals neben der industriellen Fabrikarbeit eine Tätigkeit als Dienstbote, als Verkäuferin, als Schneiderin oder Friseuse, als Serviererin oder Köchin in der Gastronomie sowie als Kontoristin bzw. Schreibkraft. Auch höhere Berufe waren mit bestimmter Ausbildung möglich, beispielsweise Lehrerin.

Allerdings erlaubten die Löhne der Frauen zu Beginn des 20. Jahrhunderts zumeist keine unabhängige Lebensgestaltung. So ist es nicht erstaunlich, dass manche Frauen, wenn der Verdienst nicht ausreichte oder keine Arbeitsstelle gefunden werden konnte, der Prostitution nachgingen. Wobei es sich in den meisten Fällen wohl um Gelegenheitsprostitution handelte. Zum Hauptkontingent der registrierten und heimlichen Prostituierten gehörten in jener Zeit Fabrikarbeiterinnen, Kellnerinnen und Dienstmädchen.

Lena Christ gestaltete in ihrem Roman »Rumplhanni« eine Szene, auf welche Weise Gelegenheitsprostitution angebahnt wurde:

(Die Rumplhanni verkauft Blumensträußchen in der Stadt; dabei wird sie oft von den Frauen scheel angesehen.)

»Und die Männer? Ja ja. Die schauen nicht bloß ihre Blumen an und ihren Korb; die gaffen ihr gar oft ins Gesicht, daß es

wähnt, es würde ihr bei solchem Gaffen alles abgezogen, jede Hülle, und sogar die Haut. ›Herzerl! – Schatzerl! – Schöns Kind!‹ Aber das Geschäft geht gut. / … Da kommt ein alter Herr des Wegs, im Pelzrock und Zylinderhut. Der hat kaum die Hanni erblickt, als er sogleich zu ihr in die Toreinfahrt tritt, auf den Rest in ihrem Korb deutet und fragt: ›Was kosten sie?‹ Und dabei gleitet sein Blick über ihre schwarzen Zöpfe, ihren Körper, und bleibt betrachtend stillstehen in ihrem von der kalten Luft geröteten Gesicht und in den Augen, indes sie leise sagt: ›Drei Mark, Herr.‹ Er zieht die Börse und fragt, während er darin herum sucht: ›Wie heißt du denn? Bist du Münchnerin? Bist du schon Frau?‹ Die Hanni bindet mit unsicherer Hand den Strauß zusammen. Was der alles wissen möcht! Das wär wieder so einer! … Der Herr besinnt sich ein wenig. Dann reicht er ihr eine Banknote hin. ›Hier. Laß nur gut sein. Und bring mir morgen noch so einen Strauß. Wart, hier hast du meine Adresse. Um zwei Uhr bin ich zu Haus.‹ … Die Hanni blickt ihm betäubt nach. Dann betrachtet sie abwechselnd die Karte und das Geld. ›Zwanzg Mark! Für die paar Bleame! Und a Baron is er, der Herr! Und reich, ganz narrisch reich …‹«

aus: Lena Christ, Rumplhanni, Neuausgabe 2002, S. 375f.

Auch Lena könnte diesen Weg gegangen sein. Zumindest deutet eine handschriftliche Notiz darauf hin, die sich bei den Akten eines 1916 anstehenden Beleidigungsverfahrens befindet. Damals wurden Erkundigungen über den Leumund der Beschuldigten eingezogen. In der Mitteilung der Königlichen Polizeidirektion heißt es über Lenas Vorstrafen, dass sie durch das Landgericht München I am 15. März 1911 wegen »Kuppelei« zu einem Monat Gefängnis und wenig später am 19. Juni 1911 durch das Schöffengericht München zu vier Wochen Haft wegen »Gewerbsunzucht« verurteilt worden war. Offenbar hatte Lena auf diese Weise versucht, sich vor dem drohenden Untergang zu retten.

Prostitution

Laut Reichsstrafgesetzbuch war »gewerbsmäßige Unzucht«, die nicht von einer registrierten Dirne ausgeübt wurde, verboten und wurde mit Haft bestraft. 1910 schätzte man in München die Zahl der heimlichen Prostituierten auf ungefähr 2000, offiziell waren 140 im Jahre 1909 registriert. Damit wurde jede 125. Münchnerin der Prostitution verdächtigt. Zumeist waren es wirtschaftliche Gründe, die den Anlass zur Prostitution gaben, z. B. Verlust des Arbeitsplatzes oder zu niedriger Lohn. Oftmals wurde auch ein unregelmäßiges Einkommen durch Gelegenheitsprostitution überbrückt. Franziska von Reventlow, Literatin und Inbegriff der Schwabinger Bohème damals, sicherte ihre und die Existenz ihres Sohnes ebenfalls durch gelegentliche Prostitution; sie meinte dazu: »Ach guter Gott, in Geschichten werfen sich sündige Mütter dann an der Wiege ihres Kindes nieder etc. Ich komme müde heim, bin froh, wenn ich etwas mehr Geld in der Tasche hab' und wieder bei meinem Bübchen bin. Aber daß er mir etwas übelnehmen sollte, wenn er groß wird und einen Einblick in die Abgründe tut, durch die seine Mutter gelegentlich wandelt – er möchte mir's eher übelnehmen, wenn ich ihn und mich verhungern ließe ...«

Nach ungefähr zwei Jahren der Not und des Elends wurde schließlich der Armenrat der Stadt München aktiv, verbrachte die Mädchen in eine klösterliche Kinderanstalt zu Moosburg und die entkräftete Lena selbst ins Schwabinger Krankenhaus. Der Versuch als alleinerziehende Mutter und Alleinversorgerin zu überleben, war gescheitert.

6 Die Diktatschreiberin

Lena Christ beendete ihre »Erinnerungen« mit einem neuen Anfang: »Doch das Leben hielt mich fest und suchte mir zu zeigen, daß ich nicht das sei, wofür ich mich so oft gehalten, eine Überflüssige.«

PETER JERUSALEM (BENEDIX)

Als Lena Peter Jerusalem kennenlernte, war dieser – geboren am 19. Juli 1877 in Kassel – 33 Jahre alt. Sein Vater, Dr. phil. Traugott Jerusalem, war Volkswirt und als Redakteur dort tätig. Seine Mutter Klara Alida, geb. von Safft, zog nach dem Tod ihres Gatten mit Peter und zwei anderen Söhnen 1901 nach München. Hier wollte Peter Jerusalem sein Philosophiestudium fortsetzen, das er nach einigen Semestern Medizin ergriffen hatte. Sein unruhiger Geist offenbarte sich bereits in den Berufswünschen seiner Kinderzeit: Mit zehn Jahren wollte er Seiltänzer werden, brannte von zu Hause durch, wurde zurückgeholt und fing bald darauf »leidenschaftlich zu zeichnen und zu malen« an, wie er es in einem Lebenslauf selbst formuliert. Später dichtete er und schrieb Theaterstücke, in denen er mit seinen zwei Brüdern auftrat. Deshalb dachte Peter Jerusalem auch daran, den Schauspielberuf zu ergreifen. Als Achtzehnjähriger absolvierte er dann aber eine Lehre in einem »Damenmäntelgeschäft«, um endlich der »Schulbank zu entfliehen«. Er begann wieder zu malen mit dem Ziel, Kunstmaler zu werden. Schließlich holte Peter Jerusalem seine versäumte Schulbildung nach und begann zu studieren. Jedoch weder die Medizin noch die Philosophie fesselten ihn auf Dauer. Bald versuchte er es mit Gesang, bald mit Bildhauerei, bereiste Dänemark, Schweden, die französische Schweiz und als Student der Kunstgeschichte Italien. Er übersetzte russische Autoren ins Deutsche und endete schließlich als »Dorfschullehrer im Odenwald«. Zwei Jahre später flüchtete Peter Jerusalem wieder ins heimische München, ließ sich in Schwabing nieder und fing an zu schreiben. In ihrer Dissertation urteilt Adelheid von Gugel über Peter Jerusalem: Er »war ein Mensch ohne festes

Der Mentor: Peter Jerusalem (1877–1954), ab 1937 Peter Benedix genannt, als Soldat, um 1917

Ziel, energielos und von trockener Pedanterie. Er gehörte zu den vielen halbgestrandeten Existenzen, die das Leben der Schwabinger Bohème vor dem ersten Weltkrieg bestimmt haben. Ohne je erfolgreich gewesen zu sein, lehnte er einen bürgerlichen Beruf für sich ab. Später hat er sich auf Übersetzungen und die Herausgabe alter deutscher Literatur beschränkt.«

Lena kam erstmals am winterlichen Beginn des Jahres 1911 in Peter Jerusalems Wohnung in der Hohenzollernstraße 34. Sie war 29 Jahre alt und arbeitete als »Diktatschreiberin«, da sie schnell und gut leserlich mit der Hand schreiben konnte. Peter Jerusalem gab damals für den Wilhelm Langewiesche Verlag, Ebenhausen, die Reihe »Bücher der Rose« heraus, und Lena sollte dabei die Schreibarbeiten übernehmen.

Nach zwei Wochen des Arbeitens für Peter Jerusalem erzählte Lena ihm einige Begebenheiten aus ihrem Leben. Ihre Erzählkunst ergriff dabei den Zuhörer derart, dass er sie zur Niederschrift ihrer Kindheits- und Jugenderlebnisse ermunterte.

Peter Jerusalem (Benedix) erinnert sich dreißig Jahre später: *»Ich hatte gar manchen erzählen hören, seine kleineren oder größeren Erlebnisse, aber das war immer der Bericht von etwas Vergangenem; was diese Frau jedoch erzählte, das geschah überhaupt erst im selben Augenblick, wo es von ihren Lippen kam, obwohl es doch viele Jahre zurücklag. Die Personen ihrer Erzählung nahmen von selber Gestalt an, erschienen leibhaf-*

tig, sprachen und handelten, jede in der ihr eigentümlichen Art, offenbarten darin ihr Wesen, wurden sichtbar mit einer so unheimlichen Deutlichkeit, daß man sie greifen konnte ... Und ich saß dabei und hörte, nein, sah dem zu, was da vor meinen Augen geschah.«

aus: Peter Benedix, Der Weg der Lena Christ, S. 5f.

SOMMER IN FÜRSTENFELDBRUCK

Peter Jerusalem, später Benedix, veröffentlichte 1940 im Adolf Luser Verlag zu Wien erstmals sein Buch »Der Weg der Lena Christ«, das seine Erinnerungen an die gemeinsame Zeit festhält. Hierin schrieb er: »Im April des gleichen Jahres 1911, mit dessen Beginn ihre Tätigkeit bei mir ihren Anfang genommen hatte, war ich in einen Münchner Vorort hinausgezogen, wo ich in einem inmitten eines großen Gartens gelegenen Landhause eine Wohnung gemietet hatte.« Lena begleitete ihn dorthin nach Fürstenfeldbruck in die Dachauerstraße 347 (heute Nr. 8). Hier bezogen sie die Mansardenwohnung mit drei Zimmern und einer Küche im 2. Stock des Hauses. Im Parterre wohnte ein Arzt; der erste Stock war nicht vergeben. Ihr Vermieter, ein »gewisser Reitmeier«, betrieb die Gastwirtschaft nebenan, wie sich Peter Jerusalem 1941 in einem Brief erinnerte. Gegenüber befand sich das Amtsgericht und rechts davon, durch einen Weg getrennt, das Gefängnis.

Das Melderegister von Fürstenfeldbruck verzeichnet die »Niederlassungsanzeige« von Peter Jerusalem am 6. April 1911. Als »begleitende Person«, die im Haushalt mit lebt, wurde Magdalena Leix eingetragen. Sie fungierte offiziell als seine »Wirtschafterin«.

Lena und Peter bildeten in Fürstenfeldbruck eine Arbeits-, Wohn- und Lebensgemeinschaft. Er berichtete später, dass sie an freien Tagen Ausflüge ins Ampertal, an den Starnberger- und Ammersee machten, abends gingen sie spazieren oder fuhren nachmittags mit dem Amperdampfer, genannt »Mooskuh«, »das Flüßchen hinauf bis zum See, am Abend aber mit der Bahn wieder nach Bruck zurück.« Im »Weiherhaus« tranken sie oftmals Kaffee oder wanderten durch den Wald, der oberhalb von Fürstenfeldbruck lag, gingen nach Emmering oder in Richtung Maisach. Lena besaß Humor und große schauspielerische Begabung. »So spielte sie einmal einen Professor der Botanik«, erinnerte sich später Peter Jerusalem, »und erklärte mir dozierend Blumen und Sträucher des Gartens draußen in Bruck, wo wir gerade unseren Nachmittagskaffee getrunken hatten. Dieser mit der ernstesten Miene vorgetragene phantastische Unsinn war so unsagbar komisch, daß ich vor Lachen mit dem etwas altersschwachen Liegestuhl zusammenbrach und, die Füße in die Luft streckend, auf dem Boden lag.«

BEGINN DER SCHRIFTSTELLEREI

Während der Sommermonate in Fürstenfeldbruck begann Lena mit ihrem ersten Buch. Ihre anfänglichen, nicht recht geglückten Schreibversuche waren allerdings schon unter Peter Jerusalems Aufsicht in München vorangegangen. Dennoch erkannte er Lenas außergewöhnliches Talent, das es zu fördern galt. Daher machte Jerusalem ihr, nach eigenen Aussagen, das Angebot, »ihre Erinnerungen mit meiner Unterstützung niederzuschreiben, indem ich mich zugleich bereit erklärte, während dieser Zeit für ihren Unterhalt zu sorgen.«

Mehrmals in der Woche musste Peter Jerusalem von Fürstenfeldbruck nach München fahren, um dort am Vormittag einer amerikanischen Studentin Deutschunterricht zu erteilen und sie auf die »philosophische Doktorprüfung« vorzubereiten. Lena begleitete ihn nach München, da sie nicht allein in Fürstenfeldbruck bleiben wollte. Sie setzte sich auf eine Parkbank bei der »Neuen Pinakothek«, da das Wetter schön war, und schrieb, umgeben von den lärmenden Kindern auf dem Spielplatz, den ratschenden Frauen auf den Bänken, den quietschenden Trambahnen und hupenden Wagen auf der Straße.

Mittags holte Peter Jerusalem sie dort ab und beide gingen zum Essen. Wenn das Geld am Ende des Monats knapp war, dann meist in die »Kronfleischküche in der Sparkassenstraße, wo man sehr preiswert zu Mittag aß. Dort gab es eine gute Fleischbrühe, ein Stück Herz oder Kron', dazu eine Gemüsebeilage, und jedes Gericht kostete nur ein Zehnerl. So erhielt man für dreißig Pfennige ein genügendes Mittagsmahl.« Danach fuhren sie wieder hinaus nach Fürstenfeldbruck und Peter Jerusalem sah Lenas vormittägliche Arbeit durch. So entstand der erste Teil der »Erinnerungen einer Überflüssigen«.

Allerdings gab es an Lenas Niederschriften wenig zu verbessern. »Es saß alles auf Anhieb«, berichtete später Peter Jerusalem (Benedix), »Kein Wort war zu viel und keins zu wenig. Es geschah auch selten, daß sie selber von dem Geschriebenen etwas durchstrich und durch Besseres ersetzte.« Dennoch kam es zwischen der Schreibenden und ihrem Mentor zu »lebhaften Meinungsverschiedenheiten«, einmal auch zu »einem schweren Zusammenstoß, bei dem eine sofortige Trennung erwogen wurde.« Hier trafen zwei unterschiedliche Charaktere aufeinander: Lena Christ war übersensibel, schwierig im Umgang, oft weltfern, lebhaft bis aufbrausend und dann wieder betrübt und depressiv. Peter Jerusalem verhielt sich nach seinen eigenen Worten ruhig, geduldig und einfühlsam, aber »nicht ohne Leidenschaft«, oftmals auch zu lehrerhaft, und fühlte sich Lena in seinen handwerklichen Kenntnissen des Schreibens überlegen. »Bei einer dieser Szenen glückte es nur meinem raschen Zugriff« – so Peter Jerusalem –, »das Vorhandene vor der Vernichtung zu bewahren, denn die Lena hatte schon das ganze Manuskript gepackt, um es mitten durchzureißen und in das Herdfeuer zu werfen, über dem das Mittagessen kochte. Da es aber nahezu hundert Seiten waren, gelang ihr das nicht im ersten Augenblick, und ich konnte die Blätter ihren Händen entwinden.«

Im Herbst 1911 zogen Peter und Lena von Fürstenfeldbruck wieder nach München, da Jerusalem das feuchte Klima dort wegen seines chronischen Bronchialleidens nicht mehr vertrug. Lena sah in ihm und der zukünftigen Schriftstellerkarriere die Rettung aus ihrer bisherigen Misere.

7 Die Dichterin

»Ich mietete in Schwabing ein leeres und für sie in der Nähe bei einer befreundeten Frau ein möbliertes Zimmer, meine übrigen Möbel stellte ich ein«, so erinnerte sich Jerusalem an ihre erste gemeinsame Zeit im Herbst 1911.

WIEDER IN MÜNCHEN

Von Fürstenfeldbruck nach München zurückgekehrt, bezogen Lena Christ und Peter Jerusalem getrennte Wohnungen. Im Oktober zeigte Lena ihrem zukünftigen Gatten das heimatliche Glonn. Bald danach verschlimmerte sich ihr Lungenleiden, so dass sie ins Schwabinger Krankenhaus zur Behandlung musste. Professor Kerschensteiner, den sie bereits von einem früheren Aufenthalt kannte, nahm sich ihrer an. Hier in einem großen Krankensaal des Schwabinger Krankenhauses schrieb Lena nun den zweiten Teil ihrer »Erinnerungen«. Wenn Peter Jerusalem sie besuchte, dann besprachen sie das Verfasste, wobei meist kaum etwas »einer Änderung bedurfte«.

> *»Sie lag dort zusammen mit zehn oder zwölf anderen Patientinnen, und es ging daher in einem solchen Raum alles andere als ruhig zu. Die Kranken, die sich auf dem Wege der Besserung befanden, unterhielten sich laut, Schwestern gingen ein und aus, hörten Klagen der Leidenden an oder erkundigten sich nach ihrem Befinden, Ärzte kamen und Studenten zur täglichen Visite und zu bestimmten Wochenstunden Angehörige und Bekannte der Kranken. Das alles störte die Lena nicht. Sie saß halb aufrecht im Bett, von Kissen im Rücken gestützt, und schrieb in das dicke, in schwarze Wachsleinwand gebundene Heft und fertigte während der Ruhepausen die drolligsten Figuren aus Resten bunter Wollfäden, die ihr ihre Bettnachbarin, die mit einer Strickarbeit beschäftigt war, überlassen hatte.«*
>
> *aus: Peter Benedix, Der Weg der Lena Christ, S. 39f.*

Lena Christ, geb. Pichler, geschiedene Leix, verheiratete Jerusalem, um 1911/13

Schwindsucht und Tuberkulose
Erst 1839 prägte Johann Lukas Schönlein den Krankheitsbegriff »Tuberkulose« für eine der ältesten Menschheitsplagen. Diese bakterielle Infektion befällt am häufigsten die Lungen und ist ein Indikator für die Lebensbedingungen in einer Gesellschaft. 1882 beschrieb Robert Koch das Bakterium und erhielt dafür 1905 den Nobelpreis für Medizin. Das Bakterium kann durch rohes Fleisch, durch nicht pasteurisierte Milch, aber auch von Kakerlaken übertragen werden. Als Therapie stehen heutzutage spezielle Antibiotika zur Verfügung. Früher versuchte man, mit Hilfe von gesunder Ernährung, Ruhe und guter Luft die Heilung in Sanatorien (Lungenheilstätten) herbeizuführen. Die enorme Verbreitung und Bedeutung dieser Krankheit spiegelt sich auch in der Kunst, beispielsweise in Thomas Manns »Zauberberg« (1924) und der »Kameliendame« (1848) von Alexandre Dumas. Noch 2007 waren in Europa, laut Weltgesundheitsorganisation, 431 518 Menschen an Tuberkulose erkrankt; weltweit ist etwa ein Drittel der Bevölkerung mit Tuberkulose infiziert und etwa 1,6 Millionen Menschen sterben jährlich daran.

DAS ERSTE BUCH: »ERINNERUNGEN EINER ÜBERFLÜSSIGEN«

Im Frühling 1912 zeigte der Albert Langen Verlag Interesse an Lenas Werk. Ludwig Thoma soll auf Bitten einer Freundin hin dem Verlagsleiter Korfiz Holm gesagt haben: »Schaugts's euch amal an!« Peter Jerusalem brachte das Manuskript in den Verlag. Das Werk gefiel, und so erschien dann im September 1912 Lenas erstes Buch, der autobiografische Roman »Erinnerungen einer Überflüssigen«. Von nun an nannte Magdalena Pichler, verehelichte Leix, sich nur mehr Lena Christ, nach ihrem leiblichen Vater.

Peter Benedix (Jerusalem) erzählt:
»Bevor ich die Arbeit einreichte, mußte auch ein Titel gefunden werden. Ich habe damals lange nach einem solchen gesucht und dies und das erwogen. Schließlich entschied ich mich für »Erinnerungen einer Überflüssigen«, ohne jedoch ganz befriedigt davon zu sein ... Zugleich mit dem Titel mußte aber auch ein Name für die Verfasserin gefunden werden. Nach längerem Überlegen entschieden wir uns für den Namen Christ, den Familiennamen ihres verstorbenen Vaters ...«

aus: Peter Benedix, Der Weg der Lena Christ, S. 43

Später stilisierte sich Jerusalem (Benedix) als der »Erfinder« der »Dichterin« Lena Christ. Sein Verhältnis zu ihr und ihrem Talent war zwiespältig: Einerseits bewunderte er ihre Kreativität, andererseits fühlte er sich nicht nur als Lenas Mentor, sondern zugleich auch als ihr Herr und Meister.

Die »Erinnerungen« wurden kein Verkaufsschlager, erhielten jedoch von der »Fachkritik« viel Beifall.

Pressestimmen 1913/14
Josef Hofmiller schrieb in den »Süddeutschen Monatsheften«:
»Es ist wahrhaftig Neuland, in das die Verfasserin führt; man lernt Lebensweisen kennen, von denen man keine Ahnung hatte: das Idyll des kleinen Halbbauern, dessen Frau städtische Kostkinder aufzieht; die Lebenshaltung des Münchner Vorstadtwirtschaftspächters; allerlei Kehrseiten eines Frauenklosters; das typische Schicksal der Pächterstochter und eine, wie es scheint, ziemlich typische Ehe in Kreisen untersten Bürgertums. Die Einfachheit der Erzählung hat etwas unmittelbar Überzeugendes; man schenkt der Verfasserin sofort Zutrauen, so scharf, fest, hart und stimmungslos steht alles da.«

aus: Peter Benedix, Der Weg der Lena Christ, S. 50

Kritische Rundschau 1914:
»Die ›Erinnerungen‹ werden in der Flut unserer Produktion nicht untergehen und mit Sicherheit ihren Platz in der Weltliteratur erobern und behalten.«

Frankfurter Zeitung 1913/1914:
»Die Verfasserin hat eine Kraft des unmittelbaren Ausdrucks, die völlig naturhaft anmutet ... Wenn Lena Christ so eine Verlobung samt Hochzeit schildert, wo die Rührung und die ›Lühbe‹ dicht neben kalter Selbstsucht und blinder Wut gedeihen, so meint man mitten unter diesen Menschen zu sitzen, so lächerlich nahe und ähnlich erscheinen sie.«

Hamburger Nachrichten 1913:
»Aber es ist nicht möglich, Bedeutung und Wert eines Buches wie des vorliegenden in fünfzig oder sechzig Zeilen zu erschöpfen. Es sei damit geschlossen, daß die ›Erinnerungen‹ ein Werk darstellen, an dem gemessen die Seichtheit des belletristischen Durchschnitts von heute beschämend sichtbar wird, ein Werk, von dem zu hoffen ist, daß es gelesen werde und, von seinen menschlich fruchtbaren Gehalten ganz abgesehen, helfe, dem literarischen Großmanndünkel als einem der gefährlichsten Kulturschädlinge ein streitbares Gegengewicht zu schaffen.«

Zeitschrift »März« 1913:
»Es ist eigentlich unmöglich, etwas Abschätzendes von dem Buche zu sagen. Alle Kunstbegriffe weichen vor dem unheimlich wahrhaftigen Leben, das es atmet, erblaßt zurück und erkennen, daß sie hier zum Schweigen verurteilt sind.«

aus: Monacensia, Handschriftenarchiv, Nachlaß Benedix/Christ, Sammlung von Zeitungsausschnitten, ohne genauere Angaben

DAS ERZÄHLEN

Viele lobende Stimmen! Allerdings tut man Lena Christ als Schriftstellerin bzw. als »Dichterin«, wie dies Peter Jerusalem (Benedix) nicht müde wurde zu betonen, Unrecht, wenn er über ihre Erzählkunst urteilte: »Natürlich war die Dichterin sich dessen gar nicht bewußt, sondern gleichsam in Befolgung eines Triebes konnte sie einfach nicht anders, als in dieser Art zu erzählen.« Peter Jerusalem konnte es sich wohl nicht anders erklären, dass eine Frau, die seiner Meinung nach weniger Kenntnisse als er selbst über das Handwerk des Schreibens besaß, so sicher in der Dialogführung, in der Skizzierung der Charaktere, so derb und humorvoll zugleich formulieren konnte. Daher sah er in Lena Christs Schreibkunst das Wirken einer »reinen Naturbegabung«, zwar genial, aber »triebhaft«. Überhaupt charakterisierte Peter Jerusalem (Benedix) in seinem Erinnerungsbuch »Der Weg der Lena Christ« (Wien 1940) seine spätere Ehefrau als den »Prototyp der primitiv-kindhaften Frau«, wie die Literaturwissenschaftlerin Adler kritisch anmerkt.

Auch der Essayist und Kritiker Josef Hofmiller behauptete trotz aller Bewunderung für die Hauptwerke der Lena Christ, dass nicht sie selbst wissentlich formuliere, sondern etwas Unbewusstes ihr die Hand beim Schreiben führe: »Nicht sie schreibt, es schreibt.« Dazu meinte Ghemela Adler in ihrer germanistischen Dissertation über das Werk der Lena Christ: »Wie schon bei Benedix wird hier die Autorin als willenloses Medium gesehen und der Schreibprozess als geheimnisvoller Akt dargestellt. ›Mythisch‹ wird auch die ›Unverbildetheit‹ und Ursprünglichkeit der Schriftstellerin interpretiert: ›das sinnlichste Talent unserer Literatur‹ komme ›von den Müttern her: von den Urmächten des Lebens, des Volkes. Solche Naturbegabungen stammen aus dem ganz Einfachen, Ersten und Letzten, sind ganz und gar unintellektuell, stark und ungebrochen bis zum Mythus‹.«

In den Lobeshymnen auf Lena Christs »Erinnerungen« drückte sich auch eine Sehnsucht nach dem Kraftvoll-Natürlichen aus – als literarischer Gegenentwurf zum selbstverliebten Impressionismus und der dekadenten Fin-de-Siècle-Stimmung sowie zum wuchtigen Naturalismus und dem bloßen materiellen Fortschrittsglauben.

ZWEITE EHE

Inzwischen war Lena wieder genesen, die nähere Zukunft gesichert, und so ging das Paar daran, sich eine bürgerliche Existenz aufzubauen. Man kaufte alte Möbel preiswert vom Tandler, besserte sie aus, strich sie dunkelblau und Lena bemalte sie im bäuerlichen Stil. »Doch nicht nur ganze Blumensträuße erschienen unter ihrer Hand,« beschrieb dies Peter Jerusalem, »sondern auch das Antlitz einer heiligen Agnes zauberte sie auf den Kopfteil meines alten, nun blau gestrichenen Bettes, auf dem der Schreiner einen Aufsatz in der Art der Bauernbettstätten hatte anbringen müssen. Die Heilige blickte, als alles fertig war, ganz holdselig auf ein Lämmlein hernieder, das vor ihr auf einem Gebetbuche lag. Ein wenig unbeholfen und kindlich war wohl das Ganze, aber darin lag ja gerade der Reiz.«

Kurz vor dem Erscheinen der »Erinnerungen« heirateten am 28. August 1912 die Schriftstellerin Lena Christ und ihr Mentor Peter Jerusalem, der sich ab 1937 Benedix nannte. »An einem strahlend schönen Augusttag« fuhren sie in »Straßenanzügen« mit ihren Trauzeugen zum Standesamt auf dem »Petersbergl« in München. Der Bräutigam erinnerte sich: »Wir sagten ja und schrieben unsere Namen in ein dickes Buch ein, die beiden Maler malten ihre Schriftzüge darunter, und damit war der staatlichen Vorschrift Genüge getan und die Sache erledigt.« Das Hochzeitsmahl nahmen sie in den »Torggelstuben« ein, stießen mit Pfälzer Wein auf ihre gemeinsame Zukunft an und machten ihre Hochzeitsreise mit der Trambahn hinaus in den Münchner Westen nach Gern, wo sie ab September eine Wohnung gemietet hatten. Wenige Tage nach ihrer Heirat zog das Paar in die gemeinsame Wohnung um.

Obwohl das Geld knapp war, frönten Lena und bald auch ihr Mann Peter einer Sammelleidenschaft; sie kauften bei den Trödlern und auf der »Auer Dult« Krüge, Tassen, Teller, Wachsstöcke, Gemälde – alles was »goldig« war und »bloß ein paar Markln« kostete. Bald glich die kleine Wohnung einem Museum und die Familienkasse leerte sich bedenklich. Da erwiesen sich die Annahme eines neuen Buches und die Voraushonorierung als Retter in der Not.

DIE »LAUSDIRNDLGESCHICHTEN«

Lena Christ hatte die »Lausbubengeschichten« von Ludwig Thoma bei einer Lesung kennengelernt und auf Anregung ihres Mannes ähnliche Geschichten aus ihrer Kinder- und Jugendzeit verfasst. Unter dem Titel »Lausdirndlgeschichten« wurden sie vom Martin Mörike Verlag in München 1913 veröffentlicht, nachdem sie vom Langen Verlag abgelehnt worden war. Letzterer verlegte ja auch Ludwig Thomas Werke. Nachträglich ließ Peter Benedix (Jerusalem) ebenfalls kein gutes Haar an dem Büchlein: »Es war das also eine Nachahmung und eine Entgleisung, an der ich mich mitschuldig bekennen muß. Freilich wurde einem das erst später richtig klar.«

München, den 4ten Febr. 1913
Lieber Freind!
Theile dir mit, das du geschrieben hast, es heist Akrügola das ist das buch und die Gschicht das ist Die wahlfarth. Lieber Freund, indem daß es keinen solchenen Heuligen Raso in Andecks nicht mer gibt indem daß schon Einer in den schenen WahlfahrthsOrth Grafrat ist, Der hülft vir leibschähn und vir die gahlenstein, aber in Andecks ist grad der +++ Heulige berg Und die liebe Frau. Indem, das Dich das Zendrum so nicht mögn weilstas Ynen a so gmugt hast die gengan alle jar wahlfarthen zum +++ Heulingen berg Andecks und zun Heulingen Raso und auf Alnöding. Bald es diese einmahl unter die aungen kimt dan sagen Sie der Thoma is ein lung Schibell denn es ist gar nichts Wahr.
Bitschen schdreichs aus.
Es grüsst Dich
Deie
teiere landsmeninn
Leni Christ
bein den Handschuster
Enschuldige die schlechte Schrief / Und das pabir
Aber es war / Schon zu!«

Quelle: Monacensia, Handschriftenarchiv, Nachlaß Benedix/Christ

Die Nähe zu Ludwig Thomas »Lausbubengeschichten« ist unverkennbar, wenn auch Lena Christ ihre Schreibweise nicht an Ludwig Thoma geschult hatte, wie oftmals behauptet. Allerdings las Lena Christ seine Werke genau. Dies beweist ein noch erhaltenes Schreiben im Stile der Filser-Briefe, das Lena Christ an Ludwig Thoma sandte und in dem sie ihn über einen Fehler in seinem Buch »Agricola« humorvoll aufklärte.

FAMILIENLEBEN

Bald nach ihrer Heirat mit Peter Jerusalem holte Lena ihre zwei Töchter Leni (Magdalena) und Alixl (Alexandra) aus dem Kinderheim der Josefsschwestern zu sich. Die Gemeinde hatte die Kinder im Kloster zu Moosburg untergebracht. Nach mehrjähriger Trennung (zwei bis drei Jahre), in der Lena ihre Töchter nur ein Mal besucht hatte, war die Familie nun wieder beisammen. Allerdings fehlte Lenas Ältester; ihr Sohn Anton blieb bei den Großeltern väterlicherseits und sollte auch in Zukunft keinen Kontakt mit der Mutter mehr suchen.

Den zwei Mädchen wurde in der Bauernstube der Wohnung im Stadtteil Gern ein Schlafzimmer eingerichtet. Ihre ärmliche Kleidung erinnerte noch an die schweren Zeiten, in denen Not und Krankheit herrschten. Nun allerdings ging es der vierköpfigen Familie mit Dackel Lumpi recht gut, denn sowohl Lena als auch ihr Ehemann verfügten über Einkünfte aus freiberuflicher Arbeit. Es ging ihnen sogar so gut, dass sie sich ein Dienstmädchen leisten konnten, das die häusliche Arbeit verrichtete.

Im Sommer fuhren sie hinaus aufs Land nach Lindlach, das nur wenige Kilometer von Glonn entfernt liegt. Hier beim Wimmerbauern kamen sie unter, und Lena fühlte sich in der heimatlichen Umgebung glücklich.

DER ROMAN »MATHIAS BICHLER«

Im März 1913 legte Lena Christ ihrem Mann die ersten Seiten ihres neuen Romans »Mathias Bichler« vor, damals noch »Mathias Klamm« geheißen. Mit diesem Werk wollte sie ihrem »Großvater Mathias Bichler ein Denkmal setzen als geringen Dank für all die Liebe und Güte, die sie als Kind von ihm empfangen«, erinnerte sich Peter Jerusalem (Benedix).

Für diese Lebensfahrt eines Herrgottschnitzers aus dem Oberland, der nach zahlreichen Irrungen und Wirrungen schließlich Anerkennung, Wohlstand und Lebensglück findet, betrieb Lena Christ umfangreiche Quellenstudien. Ihr Ehe-

Die Töchter aus erster Ehe: Magdalena (Leni), geb. 1903, und Alexandra (Alixl), geb. 1906

mann »schleppte aus der Staatsbibliothek alles herbei, was dort an Kulturgeschichtlichem vorhanden war über Land und Leute, Trachten, Brauchtum der Gegend, in der die Geschichte spielt, und zwar zur Zeit des Übergangs vom 18. ins 19. Jahrhundert.« Diese Arbeitsweise widerlegt deutlich, dass es sich bei der Erzählkunst der Lena Christ um eine unreflektierte Wiedergabe eines unbewussten Einflüsterns handelte, wie das Peter Benedix und Josef Hofmiller behaupteten.

Zu Beginn des Jahres 1914 vollendete Lena Christ den »Mathias Bichler« mit den Worten: »Den elften Februar 1914, vormittags halb zehn Uhr, beendet im Bett.« Die Autorin schrieb zumeist im Bett, wie überliefert wird, daher auch mit Bleistift. Peter Benedix bemerkte dazu: »Ihre beste Arbeitszeit war ja auch in der Früh, und im Bett hatte sie die meiste Ruhe. Die Kinder waren in der Schule, und das Mädchen, das wir bald nach unserer Heirat einstellen mußten, versah den Haushalt. Ich war mit meinen eigenen Arbeiten beschäftigt, überdies vier Vormittage der Woche auswärts, in Ebenhausen, wo ich eine der Töchter des Verlagsbuchhändlers Wilhelm Langewiesche unterrichtete.«

Im Mai 1914 erschien dann Lena Christs Roman im Verlag Albert Langen zu München. Großzügig hatte der Verlag die Verfasserin im Voraus honoriert, obwohl den »Erinnerungen« kein Verkaufserfolg beschieden war. Ebenso erging es dem Roman »Mathias Bichler«, die Rezensenten allerdings lobten ihn. Damals schrieb der elsässische Schriftsteller Arthur Babillotte, überliefert von Peter Benedix, im »Literarischen Echo«: »Im ›Mathias Bichler‹ haben wir endlich wieder einmal einen wundervoll lebensechten Abenteuerroman im besten Sinne. Da ist alles echte Natur, eine bayerische Vollsaftigkeit, die Ludwig Thomas Bücher weit hinter sich läßt. Vor allem, weil hier nicht die Absicht vorschaut, die bayerische Eigenart aufdringlich herauszuheben, sondern alles natürlich und selbstverständlich geschieht und ausgefochten wird.«

Nun war Lena Christ also zu einer veritablen Schriftstellerin avanciert, die sich zugleich ein Familienglück geschaffen hatte.

8 Die Militärschriftstellerin

»Zwar hatte heuer im Juni da drunten in Sarajewo ein Serbe sich am Leben des österreichischen Thronfolgerpaares vergriffen. Doch das war in Bosnien geschehen und in Bayern regte man sich nicht lange darüber auf«, schrieb Lena Christ einleitend zu ihrem Buch »Unsere Bayern anno 14«.

KRIEGSAUSBRUCH

Mit Beginn der Sommerferien 1914 ging es wieder aufs Land nach Lindach auf den Wimmerhof. Hier hatten die Jerusalems zwei Zimmer im ersten Stock des Bauernhauses angemietet. Hier wurden sie vom Ausbruch des Ersten Weltkrieges überrascht.

Die Kriegserklärung rief in vielen Städten spontane patriotische Demonstrationen hervor. Lena Christ schrieb in »Unsere Bayern anno 14« über die damalige Situation: »Wie überall, so auch in München, wirkte das Wort ›Krieg‹ wie eine Erlösung. Im Blut jedes einzelnen begann es zu wurlen und zu zu-

Die Sommerfrische: Wimmerhof in Lindach, 2009

cken ... man erhob sich, – lief hinaus in die Straßen ... wie ein ungeheurer Strom flutete im Innern der Stadt die unendliche Menge dahin ... Ein Wogen – Brausen – Jubeln – Vorwärtswallen! ›Hoch Österreich! – Hurra, Kaiser Franz! – Es lebe der Kaiser! – Der König hoch! – Nieder mit Serbien! Hurra! Hurra!‹«

Die bäuerliche Bevölkerung allerdings, vor allem die Frauen, zeigten sich besorgt. Denn draußen auf dem Land war in diesen Augusttagen gerade die Ernte im Gange; nun aber warfen die jungen Bauernsöhne wegen der Mobilmachung die Arbeit hin und zogen in die Kasernen. Peter Jerusalem (Benedix) erinnert sich: »Das ganze Land schien wie von einem Festtaumel ergriffen und sah die Tränen nicht, die Frauen, Mütter und Mädchen in dunkler Nacht in ihre Kissen weinten oder am hellen Tag hinunterwürgten.«

Heimat und Krieg

Als der Erste Weltkrieg im August 1914 ausbrach, erfasste vor allem bürgerliche Kreise große nationale Begeisterung. Nur wenige entzogen sich diesem Hochgefühl. Das waren hauptsächlich Frauen auf dem Lande und Arbeiterinnen in der Stadt, die die Schwierigkeiten der Existenzbewältigung kannten. Denn mit den Soldaten zogen auch die notwendigen Arbeitskräfte in den Krieg. In Bayern wurde rund ein Drittel aller Männer zwischen 17 und 45 Jahren (= 1,7 Millionen) Soldaten. Mühsam hielten die Frauen über Feldpostbriefe und »Liebespakete« mit ihren Männern an der Front Kontakt. Zuhause verschlechterte sich 1916/17 die Versorgungslage rapide. Der sogenannte »Kohlrübenwinter«, kümmerliche Lebensmittelrationen und ständig steigende Preise (1918 lagen die Lebenshaltungskosten um 200 Prozent höher als vor dem Krieg) bewirkten Unterernährung, Entkräftung und eine hohe Sterblichkeit. 700 000 Menschen verhungerten in Deutschland während des Krieges. Die steigende Kriminalität speiste sich vorwiegend aus Vermögensdelikten: 1917 wurden doppelt so viele Frauen wegen Diebstahls verurteilt als 1913. Der Grund: Verzweiflung! In München kam es im Sommer 1916 zu ersten Unruhen, den Hungerdemonstrationen. Trotz des allgegenwärtigen Mangels rief man die Bevölkerung zu Sammlungen und Spenden zur Finanzierung des Krieges auf, vor allem machte man allerorten Werbung zur Zeichnung von Kriegsanleihen.

Bei Schulbeginn kehrte die Familie nach München zurück. Ihr Haushaltsbudget war erschöpft, eine neue Einnahmequelle wurde dringend nötig, denn bereits in den letzten Tagen auf dem Lande lebten sie, laut Jerusalem (Benedix), »meist von den Früchten des Waldes, Beeren und Schwammerln.«

Zuhause in München entließen sie wegen Geldmangels das Dienstmädchen und Lena übernahm die Hausarbeit, bekochte nun die Familie und selbst Gäste – wie den Verlagsleiter Korfiz Holm mit Gattin. Auf Veranlassung des »Staatsbibliothekars« Dr. Petzet erhielten die Jerusalems damals dreihundert Mark als Unterstützung von der »Schillerstiftung« und konnten sich damit wieder einige Wochen über Wasser halten. Denn die Alltagsbewältigung in den Kriegszeiten wurde allmählich immer schwieriger, und die Bücher der Lena Christ hatten bislang keinen »nennenswerten Erfolg« gezeitigt, wie Peter Benedix überliefert.

»KRIEGSBÜCHER«

Lena Christ erlebte als Zuschauerin die Vorgänge der Mobilmachung abwechselnd in der Stadt und auf dem Land. Sie sah die mit Blumen geschmückten Einberufenen, die mit lustigen Inschriften bemalten Züge und Bahnhöfe, sah die oft lachenden Gesichter der jungen Männer, hörte Gesang, Scherzworte, aber auch das leise Weinen der zurückgelassenen Frauen und Mädchen. Alles beobachtete sie, ging zu den Kasernen, begleitete die angehenden Soldaten bei ihren Übungen auf dem Oberwiesenfeld zu München, sprach mit den auf Urlaub Weilenden, den Verwundeten und schrieb alles nieder.

Der erste Teil »Unsere Bayern anno 14« erschien als erster Band der Reihe von »Langens Kriegsbüchern« kurz vor Weihnachten 1914. Zwei Fortsetzungsbändchen »Unsere Bayern anno 14/15« folgten in den nächsten zwei Jahren. Dieser Band mit Kriegsgeschichten erzielte einen ungewöhnlichen Erfolg. Benedix (Jerusalem) erinnerte sich: »Mit lebhafter Freude und Zustimmung aufgenommen, griffen daher Tausende von Händen nach ihm, und der ersten Auflage mußte bald eine zweite und dritte folgen. Ja, die Nachfrage war so groß, daß das Jahr darauf ein weiteres und 1916 ein drittes Bändchen herauskommen konnte.« Die Kritiker lobten die »elementare Kraft der Darstellung«, den immer wieder aufblitzenden Humor, welcher doch »in seinem Wesen und Ursprung nach männlich« sei, und wunderten sich, dass die Kriegsgeschichten »von einer Frau« verfasst waren.

Die inzwischen bekannte Autorin der »Bayernbüchlein« wurde sogar wegen ihrer vaterländischen Verdienste 1915 von König Ludwig III. zu Tisch geladen und erhielt im Januar 1916 »in ehrender und dankbarer Anerkennung« für ihr besonderes Engagement in Kriegszeiten das König-Ludwigs-Kreuz verliehen.

»Im Frühjahr 1915 hatte das Bayernbüchlein auf seinem kleinen Siegeslauf die Landesgrenzen überschritten, in den Häusern der Münchnerstadt aber die höchsten Stiegen erklommen, am Ende sogar die Stufen des Thrones. Darum kam eines Tages ein Schreiben aus der Hofkanzlei an den Verlag Langen, die Verfasserin möchte sich im Palais Wittelsbach einfinden, da Seine Majestät sie kennenzulernen wünsche. (...) Die Lena machte sich also zur festgesetzten Stunde auf, klopfte an die Hoftür und wurde sehr freundlich empfangen. Der König meinte der leicht Befangenen gegenüber, sie solle nur reden, wie ihr der Schnabel gewachsen sei, grad als wäre sie daheim. Nach einigem Zögern tat sie das auch, und der König und die Königin fanden so viel Spaß an ihr, daß sie sie bald darauf zu Tisch luden. (...) Es war ein sehr vergnügtes Mittagsmahl, und der König und die Königin lachten herzlich, nur die Hofdame, die dabeisaß, wurde bald rot, bald blaß.«

aus: Peter Benedix, Der Weg der Lena Christ, S. 98f.

Lena Christ übersandte Kronprinz Rupprecht ihre »Kriegsbücher«, wofür dieser durch seinen persönlichen Adjutanten Major von Malsen höflich und mit lobenden Worten schriftlich danken ließ.

20. Januar 1915

An
Frau Lena Christ
München
Seine Königliche Hoheit Kronprinz Rupprecht von Bayern lassen Ihnen für die liebenswürdige Übersendung des künstlerisch ausgestatteten Büchleins »Unsere Bayern«, dessen lebensechte Schilderungen Seine Königliche Hoheit mit großem Interesse gelesen haben, vielmals danken.
Hochachtungsvollst
Jos. von Malsen
Major u. persönl. Adjutant

Quelle: Staatsarchiv München, Staw. München I, 1816

Im Mai 1915 fuhren die Jerusalems für einige Wochen nach Staufen, das im Badischen nahe Freiburg liegt. Dort lebte Peter Jerusalems jüngster Bruder, der bereits Militärdienst leistete. Hier sollten sie dessen Ehefrau beistehen, die gerade ihr erstes Kind bekommen hatte. Allerdings verstanden sich die beiden Frauen nicht. Die erfahrene Mutter Lena war wohl zu besitzergreifend und bevormundend, so dass man bald wieder abreiste.

Im Juli 1915 zog die Familie neuerlich aufs Land nach Lindach. Hier war die Versorgung mit Nahrung noch leichter als in München. Man verbrachte eine unbeschwerte Ferienzeit, nur unterbrochen vom Brand eines benachbarten Hofes, bei dem Lena couragiert die Anweisungen zum Retten der Habe gab, bis die Feuerwehr kam.

In den letzten Augusttagen des Landaufenthalts erhielt Lenas Ehemann allerdings den Gestellungsbefehl, der ihn für den 2. September nach München beorderte. Lena fühlte sich von der nahenden Trennung bedrückt: »Wie eine schwarze

Wolke kam die Schwermut über sie«, erinnerte sich Peter Jerusalem (Benedix).

Inzwischen hatten die Jerusalems wieder eine Hausgehilfin eingestellt und Lena Christ konnte sich an ihre Studien machen, um Stoff für ihre folgenden »Kriegsbücher« zu sammeln, über welche die renommierten »Preußischen Jahrbücher« urteilten: »Die beste Heimatschilderung gab eine Frau, Lena Christ.« Und der »Berliner Börsen Courier« meinte am 17. Oktober 1915: » Lena Christ hat, fürwahr, männliche Fäuste. Ihre Bayernskizzen verblüffen durch straffe Disziplin. Sie schreibt in kurzen, lebhaften Sätzen. Jedes Wort steht an seinem Platz.«

Kriegsliteratur

Bereits in den ersten Monaten des Ersten Weltkriegs überflutete eine Welle von Kriegsliteratur Europa. Allein im Monat August 1914 wurden an die 1,5 Millionen Kriegsgedichte zur Veröffentlichung an Zeitungen und Zeitschriften gesandt. Dies glich einer poetischen Mobilmachung. Allerdings wurde die Darstellung des Kriegsgeschehens fast ausschließlich aus männlicher Perspektive vorgenommen. Daher wurde »Kriegsliteratur« lange Zeit als Literatur von Männern über Schlachten und Soldaten definiert. Vor allem beanspruchten schreibende Frontsoldaten hohe Legitimität und Authentizität. Das schloss Schriftstellerinnen weitgehend aus, zumal man Kriegsliteratur als Erlebnisliteratur ansah. In diese Männerdomäne brach nun Lena Christ mit ihren Kriegsbüchern ein. Ihre Geschichten aus den Jahren des Ersten Weltkrieges schildern nicht ausschließlich patriotisches Hochgefühl, sondern auch die Auswirkungen des Krieges auf die Daheimgebliebenen und auf das Leben der Soldaten.

Da das Publikum großes Interesse am Kriegsgeschehen zeigte, wandten sich viele Verlage an Autoren, die darüber schreiben sollten. Ganze Sammlungen und Buchreihen wurden publiziert, so auch vom Albert Langen Verlag in München. Wegen ihrer Popularität wurde Kriegslitera-

tur aber von den politischen und militärischen Behörden beobachtet und zensiert. Nach 1919 veröffentlichte man kaum mehr Kriegsliteratur.
Der Ideologisierung des Krieges und der Darstellung des Kriegsgeschehens als Abenteuer der Männer steht die Antikriegsliteratur eines Erich Maria Remarques (»Im Westen nichts Neues«, 1928/29) gegenüber.

Für ihre »Kriegsgeschichten« machte Lena Christ eingehende Recherchen. Als sie einmal glaubte, Missstände in der Münchner Notkaserne »Elisabethenschule« aufdecken zu müssen, zögerte sie in ihrer impulsiven Art nicht. Sie schrieb im November 1915 an den SPD-Landtagsabgeordneten und Chefredakteur der »Münchner Post«, Dr. Adolf Müller, und rügte den Kompaniechef der Kaserne, der die Soldaten angeblich zu sehr schurigelte.

Lena Christ schrieb an Adolf Müller am 13. November 1915: *»Als Schriftstellerin und Verfasserin des Werkes ›Unsere Bayern anno 14‹, habe ich mir zur Aufgabe gemacht, auch die Schicksale unserer in den Kasernen und Notkasernen untergebrachten Soldaten ein wenig zu erforschen. Dabei habe ich in der Notkaserne ›Elisabethenschule‹ etwas sehr Befremdliches gesehen: In diesem Quartier ist ein großer Teil des I. Ersatzbataillons vom Königl. II. Infant. Reg. untergebracht. Die III. und IV. Kompagnie sind sozusagen Wand an Wand. Was wäre also natürlicher, als dass Körperschaften, die unter einem Dach sind, auch eine gemeinsame Handhabung von Recht und Pflicht hätten. Doch: Die Mannschaften der III. Kompagnie unter Hauptmann Wegert schlafen, soweit verheiratete Leute in Betracht kommen, alle zuhause bei der Familie, treten morgens 7.15 zum Dienst respek. Unterricht an, haben Mittags von 12–½ 4 Uhr Ruhepause und gehen um 6 ½ wieder nachhause. – Die Mannschaften der IV. Kompagnie unter Rittmeister Trombetta schlafen in der Kaserne, stehen um 5h auf, treten um 6h zum Unterricht an, haben Dienst bis 12h, Ruhepause bis 2h, Dienst bis 6 ½ h und dann – Erlaubnis, bis 9 Uhr abends* *auswärts zu sein. Um 9 Uhr Einpassieren oder Strafe. Will einer Erlaubnis bis 10h, folgt Krach und erst recht keine Genehmigung. – Und das geschieht mit Männern mit 38–40 Jahren. Und unter einem Dach paart sich Anständigkeit mit grausamer Willkür und Härte. Man hat mir im Quartier gesagt: ›O, Trombetta ist schon berüchtigt wegen seiner Härte! Er wird nur noch der ›Zuchthausdirektor‹ genannt und man hat schon zahlreiche Klagen über ihn ans Kriegsministerium abgehen lassen; doch alles erfolglos.‹ / Ich habe hier trocken Zustände wiedergegeben, wie sie in England wohl kaum schlimmer sein könnten. Und dafür sollen unsere Leute hinausziehen – ihr Blut, ihr Leben hinopfern, dass sie, während sie den Ehrenrock des Königs tragen, auch noch wie die Sträflinge und Ehrverlustigen behandelt werden von Leuten, denen es gesünder wäre, wenn sie erst einmal die Gebote der Menschlichkeit erlernten, ehe sie darangehen, vielen Hunderten von braven Leuten allen Patriotismus und alle Freude am Militärleben gewaltsam zu ertöten. Vielleicht können Sie, verehrter Herr, im Landtag die Sache ein wenig belichten, wofür ich Ihnen im Namen aller unterdrückten Vaterlandskämpfer danke …«*

Quelle: Staatsarchiv München, Staw. München I, 1816

Rittmeister Trombetta jedoch, dem die harschen Worte galten, wehrte sich und leitete ein Verfahren wegen übler Nachrede und »verleumderischer Beleidigung« ein. Da Lenas Gewährsleute sich von ihren Aussagen nachträglich distanzierten, konnte sie sich nur mehr bei Rittmeister Trombetta entschuldigen. In einem Schreiben an die Staatsanwaltschaft versuchte Lena Christ die erhobenen Vorwürfe zu entkräften und wies, als Referenz für ihre Lauterkeit, auf allerhöchste Zustimmung hin, die ihre »Bayernbücher« erhalten hatten. Dennoch dauerten die juristischen Auseinandersetzungen bis 1918, wurden aber schließlich gütlich beigelegt.

»… Bei Ausbruch des Krieges begann ich, Taten und Begebnisse, das Leben und Treiben, die Größen und Schwächen unserer Bayern aufzuzeichnen und versuchte, in den Kriegsbändchen

›Unsere Bayern anno 14‹ sie getreu nach dem Leben wiederzugeben, einmal zur Erbauung und Erheiterung unserer Soldaten, dann aber auch, um denen, die daheimblieben, eine Erinnerung an diesen denkwürdigen Krieg zu hinterlassen soweit ich mit meiner Kraft dies möglich machen konnte. / Zu diesem Zweck mußte ich alles studieren und beobachten, die Stimmung in Stadt und Land, bei Zivil und Militär. Ich mußte unseren Truppen in ihre Quartiere folgen, auf die Bahnhöfe, auf ihre Übungsplätze; ich machte Felddienst- und Nachtübungen mit, – kurz, – ich lebte sozusagen mit den Soldaten. / Meine anliegenden Kriegsbücher, die nur eine Vorarbeit zu dem gleichnamigen großen vaterländischen Werk sind, das ich bei Ende dieses Krieges herausbringe, mögen der Kgl. Staatsanwaltschaft ein getreues Bild von meinem Wirken geben ... / Ihre Majestäten, unser König und Königin, sowie seine Kgl. Hoheit Kronprinz Rupprecht gaben auch wiederholt ihrer Freude, ja sogar ihrem Dank dafür Ausdruck, daß ich es unternommen habe, unseren Bayern durch mein Werk ein Denkmal zu setzen. Dem schloß sich auch Seine Majestät, der deutsche Kaiser, an. / Ich habe auch durch Ihre Majestäten eine Einladung Seiner Kgl. Hoheit des Kronprinzen Rupprecht zu einer Reise in die Etappen und an die II. Front übermittelt erhalten, der ich aber leider infolge meines schweren Herz- und Nervenleidens bis jetzt nicht nachkommen konnte ...«

Quelle: Lena Christ an Staatsanwaltschaft, Brief v. 1. April 1916, Staatsarchiv München, Staw. München I, 1816

Beinahe wäre Lena Christ noch einmal vor Gericht zitiert worden, wegen drei ihrer Geschichten aus den Kriegsbüchern. Ein Journalist der »Münchner Neuesten Nachrichten« bezichtigte sie des Plagiats. Darüber beklagte sich Lena Christ bei Erich Petzet, dem Bibliothekar und Literaturhistoriker, in einem Brief vom 25. August 1916: »Scenen und Witze, die wochenlang in aller Leute Mund waren, stellt der Mann als sein geistiges Eigentum hin! ... Ich habe wirklich in meinen ›Bayern‹ oft Zeitungsnotizen zu Hilfe nehmen müssen. Aber da es sich dabei bloß um Tatsachen handelt, also mein Werk eine Art Nachschlagebuch für spätere Zeiten ist …, so würde ich auch heute mich ruhig der Zeitungen bedienen, wenn es gälte, ein Geschehnis festzuhalten.«

Sogar der Spionage wurde Lena Christ verdächtigt, wie Ghemela Adler herausfand. Denn seit November 1915 mussten Schriften mit militärischem bzw. politischem Inhalt dem Kriegsministerium in zwei Pflichtexemplaren vorgelegt werden. Man wollte in der abschließenden Bitte der Schriftstellerin, welche auf der letzten Seite ihres zweiten »Bayernbuches« stand, ihr doch »schriftliche oder mündliche Mitteilungen aus dem Felde oder von daheim« zu senden, einen Aufruf zur Weitergabe von Militärgeheimnissen sehen. Allerdings vermerkte die Zensur schließlich am 22. Dezember 1915 auf dem Einband des Büchleins: »Soll für diesmal unbeanstandet bleiben.«

LÄNDLICHE IDYLLE

Im April 1914 war Lena Christ mit Familie von der Gerner Mansardenwohnung nach Nymphenburg in die Pilarstraße 2 umgezogen. Hier bewohnten sie den zweiten Stock eines Mietshauses. Aber auch dort hielt es die Familie nicht lange aus. Im November 1916, nachdem ihr neuer Roman »Rumplhanni« erschienen war, mietete Lena Christ ein Haus mit einem parkähnlichen Garten an der Kuglmüllerstraße hinter dem Gerner Kanal. Dies war der sechste Umzug seitdem sich Lena Christ und Peter Jerusalem kannten; vier weitere folgten noch. Aus diesem ländlich anmutenden Haus machte Lena Christ einen kleinen Bauernhof. Sie zog fünf Schweine auf, hielt Hühner, Enten, zwei Ziegen, eine Gans und einen Hund; ein Gemüsegarten wurde angelegt. Dergestalt sah sich die Hausherrin für Versorgungs- und Nahrungsengpässe gerüstet. Hier wohnte und wirtschaftete Lena mit ihren Töchtern bis Herbst 1917.

Im Sommer 1917 lernte sie Annette Thoma, die Verfasserin der »Bauernmesse«, und deren Mann Emil Thoma, einen Maler, kennen. Das Ehepaar hatte die Jerusalems zu sich nach Riedering eingeladen. Man verbrachte einen angeregten Tag miteinander, fand sich sympathisch, vor allem beeindruckten Lenas »tiefe, klangvolle Stimme« und ihr sicheres Urteil hinsichtlich der bildnerischen Arbeit von Emil Thoma. Die Freundschaft hielt einige Zeit; etwa ein Jahr lang schrieben sich die beiden Frauen Briefe, in denen Lena Christ auch Einblick in ihre Gefühlswelt gewährte.

Annette Thoma berichtete später von der ersten Begegnung mit Lena Christ:
»So stand ich also am 15. August 1917 mit meiner sechsjährigen Ältesten wartend am Stephanskirchener Bahnhof und das Kind fragte, ob nun wirklich's Christkindl käme? Sicher war's enttäuscht, als eine hochgewachsene, blonde Frau, zusammen mit einem Soldaten ›zweites Reserve-Infanterie-Regiment‹ ausstieg und ziemlich laut zu diesem sagte: ›Des wern ma na scho derfragn, Herrli, wo's da zu der Frau Thoma nach Riedering geht.‹ / Dann schauten wir einander an und wussten, wie wir dran waren. Mit dem ›Herrli‹, ihrem Mann, Peter Jerusalem, wanderten wir dann die sonnige Landstraße hinüber nach Riedering und unser Haus gab an Gastlichkeit, was die Not der knappen Jahre erlaubte. / Die Persönlichkeit der Lena Christ war faszinierend: Von auffallend schlichter Natürlichkeit, verbunden mit einer Sicherheit im Urteil und klarer Ausdrucksweise. Ob von diesem unseligen, schon fast aussichtslosen Krieg, von der Verknappung der Nahrungsmittel, die man mühsam hamsterte, und von allem anderen, was jetzt doppelt nottat im Leben. / Da flossen dann wie von selber Erzählungen aus ihrem Leben ein und ließen uns aufhorchen. Den Bildern meines Mannes brachte sie ein unerwartet und völlig unverbildetes Verständnis entgegen. Und der Maler horchte nicht nur auf, er schaute sie auch an. Ob er sie malen dürfe, fragte er. Das Ebenmaß dieses Gesichts, so gar nicht ›schön‹ und ›süß‹, der Bauernadel, der hier verkörpert schien, welchen Künstler solle das nicht reizen? Dazu Farben von einem Ton-in-Ton jenes blonden Typs, dem wir in Altbayern so oft begegnen.«

aus: Annette Thoma, Bei uns, in: Günter Goepfert, Das Schicksal der Lena Christ, S. 114f.

Auch andere Besuche standen an. Dieses Mal bei Ludwig Thoma auf der Tuften am Tegernsee, der dort eine kleine Künstlergesellschaft zu seinem Namenstagsfest eingeladen hatte: ein paar Leute vom Theater, den Kiem Pauli, den Queri, den Weiß Ferdl sowie Lena Christ mit ihrem Mann Peter Jerusalem. Obwohl es »keinen triftigen Grund gab«, wie Günter Goepfert in seiner Biografie meint, sah Lena Christ in Ludwig Thoma, sehr zum Missfallen ihres Mannes, ihren »Gönner« und verehrte den erfolgreichen Kollegen.

Volksschriftsteller – Heimatdichter

An der Wende zum 20. Jahrhundert wurden Land und Leute literaturfähig. Wegbereiter dafür waren Johann Michael Sailer mit seiner Sammlung von Sprichwörtern (1810 erschienen unter dem Titel »Die Weisheit auf der Gasse«) und Friedrich Panzer mit seinen »Bayerischen Sagen und Bräuchen« (1850) sowie die Schöpfer der Mundartliteratur Marcelin Sturm (»Lieder, zum Theil in baierischer Mundart«, 1819) und Franz von Kobell (»G'schicht vom Brandner Kasper«, 1871). Sie fanden mit Ludwig Thoma und dem Kiem Pauli ihre Fortsetzer. Wie die Maler entdeckten nun auch die Schriftsteller das bäuerliche Land und seine Bewohner. Sie verweilten hauptsächlich während der Sommerfrische in Oberbayern und erwanderten die schöne Landschaft. Allerdings verdrängte seit Ende des 19. Jahrhunderts der moderne Realismus die bislang idyllischen Darstellungen des bäuerlichen Landes. Nichtsdestotrotz blieb Ludwig Ganghofer (1855–1920) mit seinen romantischen Gebirgsromanen (z. B. 1883 »Der Jäger von Fall«, 1886 »Edelweißkönig«) weiterhin der meistgelesene Autor unterhaltender Literatur. Ludwig Thoma (1867–1921) überwand diese Art der bayerischen Heimatliteratur mit seinen Erzählungen »Agricola« (1897), den seit 1908 erscheinenden Briefen des Landtagsabgeordneten Jozef Filser und den berühmten »Lausbubengeschichten«. Georg Queri (1879–1919) gab 1913 gemeinsam mit Ludwig Thoma das bekannte »Bayernbuch« heraus, wohingegen sein Buch »Bauernerotik und Bauernfeme« bald nach dem Erscheinen 1911 beschlagnahmt wurde. Einer der bedeutendsten Essayisten der Zeit war Dr. Josef Hofmiller (1872–1933), Gymnasiallehrer und Literaturkritiker, mit dessen Tod auch dieser Abschnitt der »realistischen« bayerischen Heimatliteratur endete. Zwei Frauen müssen allerdings noch genannt werden: Einmal die Oberbayerin Lena Christ und zum anderen die Waldlerin Emerenz Meier (1874–1928), die mit ihren Geschichten und Gedichten (z. B. »Der Juhschroa«, »Itta aus dem Elend«) hervortrat und als verarmte Auswanderin in Chicago starb.

DIE »RUMPLHANNI«

Im Februar 1916 wurde Peter Jerusalem (Benedix) zum »Ersatzbataillon des zweiten bayerischen Landwehrregiments« nach Landshut versetzt. Hier brachte man ihn und seine Kameraden zunächst im Tanzsaal des Gasthofs »Zum goldenen Löwen« in einem Matratzenlager unter. An den Wochenenden konnte Peter Jerusalem nach München zu seiner Frau und den Stieftöchtern fahren. Während der Woche wurde auf der Klötzlmüllerwiese am Stadtrand von Landshut geübt, um aus den »bejahrten Landsturmleuten« doch noch brauchbare Soldaten zu machen. Nach einigen Wochen erhielt Peter Jerusalem die Erlaubnis, ein Privatquartier zu suchen. Er bezog ein möbliertes Zimmer im vierten Stock eines Hauses der Neustadt.

In den Märzwochen des Jahres 1916 verfasste Lena Christ, die noch in München wohnte, ein ländliches Theaterstück in drei Aufzügen mit dem Titel »Die Rumplhanni« und legte es ihrem Mann zur Begutachtung vor, als dieser zum Wochenendurlaub aus Landshut kam. Peter Jerusalem missfiel aber die Arbeit und so verschwand die »Rumplhanni« in der Schublade. Wenige Wochen später, gegen Ende April, als Lena Christ ihren Mann in Landshut besuchte, brachte sie zwei erste Kapitel der zu einem Roman umgearbeiteten »Rumplhanni« mit. In der folgenden Woche, die Lena bei ihrem Mann in Landshut blieb, entstanden weitere zwei Kapitel der »Rumplhanni«. Peter Jeru-

Der zweite Ehemann: Peter Jerusalem (mit Zigarette) und seine Kameraden in Landshut, 1917

salem (Benedix) überliefert dazu: »Da noch eine zweite Schlafgelegenheit im Zimmer war, blieb sie (= Lena Christ) eine Woche bei mir und schrieb während dieser Zeit die beiden folgenden Kapitel. / Rückten wir in der früh aus und marschieren mit Gesang die Neustadt hinunter, an dem Haus vorbei, öffnete sich oben ein Fenster, und sie winkte mir grüßend zu, um sich dann wieder ins Bett zu legen und weiterzuschreiben.«

Auch im Kriegsjahr 1916 verbrachte Lena Christ mit ihren zwei Töchtern die Sommerferien in Lindach. Im Juli fuhren sie hinaus aufs Land. Ihr Mann erhielt zwei Wochen Urlaub und folgte ihnen nach. Dort auf dem Wimmerhof erlebte Lena Auftritte zwischen Bäuerin und Magd, die direkten Eingang in ihren neuen Roman fanden. Die städtischen Begebenheiten und das Wirtshausmilieu kannte sie ja aus eigenem Erleben und so konnten die einschlägigen Szenen wirklichkeitsnah gestaltet werden.

Lena Christ lässt ihre Heldin Johanna Rumpl nach vergeblichen Versuchen, sich einen wohlhabenden Bauern zu angeln und damit als lediges Kind eines Pfannenflickers in der dörflichen Rangordnung aufzusteigen, in die Stadt abwandern. Dort will die ehrgeizige Magd ihr Glück machen. Zunächst landet die Rumplhanni jedoch im Gefängnis und dann in einer elenden Herberge der Münchner Vorstadt Au. Nach weiteren Rückschlägen wendet sich ihr Schicksal endlich zum Guten, als sie bei ihrer Tätigkeit als tüchtige Wirtstochter doch noch den richtigen Ehemann findet.

Im Spätherbst 1916 erschien die »Erzählung« beim Verlag Albert Langen zu München, nachdem auf Anraten des Lektors Korfiz Holm der Schluss der Erzählung zu einem positiven Ausgang umgearbeitet worden war. Die »Rumplhanni« wurde ein beachtlicher Erfolg und mehrere Jahre aufgelegt. Auch Josef Hofmiller schrieb in den »Münchner Neuesten Nachrichten« 1921 entzückt: »›Die Rumplhanni‹ ist als Charakter von einer strotzenden Rundheit, wie seit der Heldin von Anzengrubers ›Sternsteinhof‹ in dieser Art nichts mehr geschaffen worden ist. Ich gestehe offen, mir ist die ›Rumplhanni‹ lieber; denn die Lena Christ kennt nicht nur ihre Bauern weit besser als Anzengruber, sie redet vor allem ihre Sprache besser, und hat noch mehr Humor.«

An die zwanzig Jahre später feierte der Literaturkritiker Josef Hofmiller die Autorin und ihr Werk mit folgenden Worten:

»Sie weiß alles, diese Erzählerin. Sie weiß, wie es in der Küche beim Hauserbauern zugeht und beim Martlbräu. Sie weiß zu jedem Kalenderheiligen eine Bauernregel. Sie kennt die Herbergen in der Au und die Zellen in Stadelheim. Sie weiß, wie die Wirtin mit ihrer Tochter grantelt, wie sie ein Küchenmädl einstellt, wie sie dirigiert, bis sich die Speiskarte bei der Jakobidult glatt abwickelt, und was man alles herrichtet. Sie weiß, wie das Abendgebet der Hanni am Hochzeitstag lautet, nachdem sie, todmüd von der Arbeit, spät in der Nacht das grüne Kranzl und den Schleier vom Haar löst. / Sie weiß noch mehr. Sie blickt ihren Gestalten bis ins Innerste: keine Regung entgeht ihr, kein Verdacht, kein Spiel mit den Gedanken. Die Heldin kennt nur ein Ziel: eine Heimat, ein eigens Sach, Haus und Hof. Wer ihr das bietet, das ist ihr einerlei. Um zu diesem Ziel zu gelangen, bändelt sie mit jedem erreichbaren Burschen an; aber sobald sie merkt, mit dem ist es nichts, lässt sie ihn fallen. Sie hält Männer zum Narren und ist in ihren Mitteln skrupellos

… Draußen bei den Bauern geriet ihr alles falsch, in der Stadt gedeiht ihr auch das Schlimme zum Guten. Sie bleibt innerlich dieselbe, pfiffig, schlagfertig, resch, im Grund ein guter Kerl, fest bei der Arbeit, unverdrossen, immer auf der Pass nach ihrem Hochzeiter, bis sie ihn glücklich erwischt. / Das Gespräch, das mit dem Verlobungskuss schließt, ist kostbar. Ein urwüchsiger, echterer Dialog ist in altbayerischer Mundart niemals geschrieben worden. Wie redet der Wirt mit dem Bauern? Wie nimmt ein Bursch Abschied von seinem Mädel? Was wird unterm Essen am Bauerntisch gesprochen? Wie bringt der Bursch dem Alten die brenzlige Geschichte bei? Wie fertigt die Hanni einen zwideren Geizkragen ab? Welche Sprüche macht der Eier- und Butterverkäufer? Welche Sprüche machen die Bauern beim Politisieren? Immer neue Situationen, immer neue Dialoge, einer so echt wie der andere, keine tote Stelle, keine überspitzte Pointe. Dieser Dialog ist so durch und durch bauernmäßig, dass man an den bei Jeremias Gotthelf denken muss; er stammt nicht aus der Beobachtung, und wäre sie noch so glänzend, er stammt aus dem Blut. Er ist nicht erlauscht, er ist erlebt.«

zit. nach: Peter Benedix, Der Weg der Lena Christ, S. 123f.

IN LANDSHUT

Im November 1917 übersiedelte Lena Christ nach Landshut. Das Anwesen in der Kuglmüllerstraße 78 zu München, ihr kleiner Bauernhof, musste nach nur einem Jahr (von Herbst 1916 bis Herbst 1917) wieder aufgegeben werden. Ersatzweise mietete man eine Atelierwohnung in München (Winthirstraße 41), nur um die Möbel unterzustellen, und bezog »Unter den Bögen« in der Landshuter Altstadt »ein paar möblierte Zimmer« (von November 1917 bis März 1918). Die zwei Töchter kamen bis Januar 1919 ins Internat des Dominikanerinnen-Klosters St. Maria nach Niederviehbach an der Isar. Lenas Ehemann befand sich »infolge eines Leidens noch immer in Landshut« und war dort zumeist mit Schreibarbeiten im Garnisonsdienst beschäftigt. Hier in Landshut fühlten sie sich wie im Paradies, denn »hinter den Schaufenstern der Zuckerbäckereien war es nicht öde und leer, sondern Kuchen, ja Torten blickten einen verlockend und verhei-

Stadttheater Landshut.

Direktion: Dr. Gustav Quedenfeldt.

Montag, den 15. Oktober 1917, abends 8 Uhr

Geschlossene Vorstellung für die Garnison Landshut.

Lottchens Geburtstag.

Lustspiel in einem Aufzug von Ludwig Thoma.

Hierauf:

Uraufführung! Der goldene Strumpf. Uraufführung!

Ein Spiel in einem Aufzug von Lena Christ.

Orchester: die städtische Musikkapelle Landshut.

Erste Aufführung: »Der goldene Strumpf« von Lena Christ (Theaterplakat Landshut), 1917 ßungsvoll an«, erinnerte sich Peter Jerusalem (Benedix) später: »Zum Frühstück lagen weiße Semmeln auf dem Tisch neben der Tasse Kaffee und der Butterdose, und mittags und abends kam einem eine Wolke von Bratenduft und Eierspeisen entgegen, noch eh man auf die Klinke drückte und die Türen der Gaststätten öffnete. Hühner, Enten und Gänse waren nicht davongeflogen, sondern kamen in die Stadt und ins Haus; nur um Eier und Butter zu bekommen, mußte man öfters kleine Ausflüge machen, zu einer Zeit, da die Münchner schon fünf bis sechs Stunden mit der Bahn fuhren, um am Ende nicht mehr als einen Liter Milch zu erwischen, der sie dann durch die lange Reise auf zehn Mark zu stehen kam und mehr. / In den Landshuter Spezereiwarenhandlungen gab es neben Tee und Kaffee auch noch Konserven und in den Gaststätten trank man zu dem reichlichen Essen noch ein trinkbares Bier. Nur eins gab es auch hier nicht: Seife.«

Hier, in diesem Schlaraffenland zu Landshut, schrieb Lena Christ ein »vaterländisches Bauernstück«, eine Werbung zugunsten der Kriegsanleihen.

Kriegsanleihen

Der Kauf von Kriegsanleihen wurde von einer umfangreichen Werbungskampagne und Propaganda begleitet. Die sogenannte Heimatfront sollte damit mobilisiert werden und Kriegsanleihen kaufen. Bei den potentiellen Anlegern appellierte man an Patriotismus und Ehrgefühl. Ging der Krieg verloren, war auch das investierte Kapital verloren. Kriegsgewinner konnten mit Hilfe der Reparationszahlungen die Anleihen zurückerstatten. Im Ersten Weltkrieg wurden in Deutschland neun Kriegsanleihen ausgegeben, die rund 98 Milliarden Reichsmark einbrachten und damit etwa 60 Prozent der Kriegskosten deckten.

»Der goldene Strumpf«, ein Spiel in einem Aufzug, wurde am Montag, den 15. Oktober 1917, im Stadttheater Landshut in einer geschlossenen Vorstellung »für die Garnison Landshut« uraufgeführt. Voraus ging ein lustiger Einakter »Lottchens Geburtstag« von Ludwig Thoma. Dazu spielte die »städtische Musikkapelle

Landshut« auf. Gleichzeitig gab man auch am Deutschen Theater in München den »Goldenen Strumpf«. Lena Christ stellte mit diesem Theaterstück ihre schriftstellerische Tätigkeit in den Dienst der Kriegspropaganda, der allgemeinen Werbung zum Kauf von Kriegsanleihen, um den Krieg zu finanzieren.

Die Münchner Presse meldete am 10. Oktober 1917:
»Deutsches Theater: ... Lena Christ, die saftvolle oberbayerische Romanschriftstellerin, wagte sich wohl zum erstenmal auf die Bühne mit einem Einakter ›der goldene Strumpf‹. Zwei Bauersleute, Mann und Frau, kauern und zählen in heimlicher Nacht den ersparten Gewinn. Kriegsgewinne. Ein paar tausend Mark, die sie dummschlau verstecken, goldene Fuchsen verborgen im Strumpf. ›Haha, meinethalben kann der Krieg noch ein Jahr dauern‹, kichert der Bauer. Aber da schickt der Herr einen bösen, entsetzlichen Traum über ihn, über beide. Panduren, die alles verwüsten, Russen, die sengen, brennen, morden und plündern. Endlich noch trifft die beiden schweißgebadet erwachenden Bauern der Donnerhall des Gewissens. Da wissen sie, was sie zu tun haben, und die Zuschauerschaft, die eine ernste Mahnung von der Bühne herab empfängt, weiß es schließlich auch. Georg Vogelsang und Anna Rail sowie Fritz Greiner mit der Stimme des Gewissens geben die kleine anschauliche Sache, die für die gegenwärtigen, für jeden Vaterlandsfreund hochwichtigen Tage geschrieben ist, so, wie die Verfasserin sich die volkstümliche Wirkung gedacht hat. Auch die Lichtbilder bieten übrigens eine recht zündende Kriegsanleihenwerbung.«

Quelle: Monacensia, Handschriftenarchiv, Nachlaß Benedix/Christ

Bereits im Frühjahr 1917 hatte Lena Christ einen Roman mit dem Titel »Kaspar Glück und seine Frauen« geplant. Er war im biedermeierlich-kleinbürgerlichen Milieu angesiedelt und gedieh über die Anfangskapitel nicht hinaus. Auch eine neuerliche Aufnahme dieses Romanprojekts ein Jahr später kam zu keinem Abschluss.

Im Winter 1917 wurde Lenas Ehemann an die Front versetzt. Sie schrieb an Annette Thoma: »Mein lieber Peter ist heut an die

Front gekommen. Ich bin recht traurig und ganz mit den Nerven herunter; ... So rasch wird von mir nichts erscheinen, der Verlag hat kein Papier. Ich bin auch einerseits froh, obgleich ich's gut brauchen könnt ... aber nun bin ich schon wieder ganz am Hund mit aller Kraft.« Peter Jerusalem nahm nach seinen eigenen Worten »die Trennung nicht so schwer«, zumal er seine Frau »gegen die Sorgen des Alltags geschützt« sah. Denn »Kriegerfrauen« erhielten eine finanzielle Unterstützung, die sich auf sechs bis neun Mark monatlich und für jedes einzelne Kind nochmals vier Mark dazu belief. Manche Gemeinden bezahlten noch Zuschüsse oder gaben Naturalien an die Familien ab. Mit diesen Geldern konnte jedoch nur notdürftig die Existenz einer Familie gesichert werden. Zusätzliche Einnahmen waren erforderlich. Allerdings hatte sich durch den Krieg der Arbeitsmarkt verändert, zahlreiche Betriebe meldeten Kurzarbeit oder stellten auf Kriegsproduktion um. Auch die Verlage und der Büchermarkt waren davon betroffen, wie es Lena Christ bereits zu Kriegsbeginn ausdrückte: »Soeben komme ich von meinem Verleger Albert Langen und habe die Mitteilung, daß es schlimm steht. Langen schließt seinen Verlag für unbestimmte Zeit, zahlt auch weder Vorschüsse noch sonst Gelder aus, die erst später verrechnet werden können.«

Kriegszeiten

»Es gibt in Bayern kaum eine Familie, in der nicht mindestens ein männlicher Angehöriger eingezogen ist. Eine Krämerin aus Landshut muß gar um acht Söhne bangen, die im Feld stehen. Das sorgenvolle Warten auf ein Lebenszeichen von der Front beherrscht den Kriegsalltag vieler Frauen. Da die Familienmitglieder monatelang voneinander getrennt leben, bleibt das Schnüren von ›Liebespaketen‹ und das Schreiben von Feldpostbriefen die einzige Möglichkeit der Kontaktaufnahme ... Im Laufe des Krieges verlieren Tausende von Frauen ihre Söhne, Ehemänner, Freunde, Brüder oder Väter. Allein in Bayern sind es 166 784 Soldaten, die ›auf dem Feld der Ehre‹ ihr Leben lassen. 19 977 gelten als ›vermißt‹; 11 589 sterben während des Militärdienstes an Krankheiten. Tausende von Männern, die als Gesunde in den Krieg ziehen, kehren als hilflose Krüppel zurück oder sind seelisch gebrochen. Die Trauer und das Leid ihrer Frauen läßt sich nicht beschreiben.«

aus: Frauenleben in Bayern, S. 131f. (Krafft)

In diesen schweren Jahren veröffentlichte Lena Christ 1917 in der Tagespresse fiktive Briefe ins Feld, welche die Auswirkungen des fortschreitenden Krieges in der Heimat drastisch aufzeigten.

Fiktiver Feldpostbrief von Lena Christ:
»Liebster Vater!
Heute schicke ich Dir ein Brieflein, weil die Mutter keine Zeit nicht hat. Sie geht jetzt in Hilfsdienst bei der Paketpost. Stiegen auf und ab und wird oft recht müd. Aber es ist doch besser wie das Maschinennähen in der Fabrik. / Da ist jetzt die Rosi. / Und der Ludwigonkel geht jetzt zum Kanonenmachen und solche, wost Du ins Gewehr steckst daß los geht. Er zahlt jetzt acht Mark für die Schlafstell. / Der Hansel muß schon die ganze Woche Kohlen fahren für die wo keine haben. Und der Fritzl geht in Suppenhort, weil ich nicht mehr aufpassen kann weil ich immer anstehen muß wegen dem Sach. / Lieber Vater jetzt werden die Engländer bald hin sein. Ich hab ein echtes Unterseeboot gesehen im Spielzeugladen. Die Sirehnen heulen schon. / Viele Grüße von Deiner Mimi.«

Quelle: Münchner Neueste Nachrichten v. 25. Februar 1917

An der Westfront besserten unterdessen Peter Jerusalem und seine Kameraden Schützengräben aus oder legten neue an, bauten Straßen, Stollen und Unterstände, schleppten Bretter, Minen, Transformatoren und Proviantsäcke. Zudem betätigte sich Lenas Ehemann als Übersetzer in den Gefangenenlagern, da er Französisch beherrschte. Schließlich wurde er Schreiber der Ortskommandantur und Pferdesammelstelle in Rothau. Hier erfuhr er von der schweren Erkrankung seiner Frau, die deshalb um Urlaub für ihren Mann ersuchte. Peter Jerusalem (Benedix) erinnerte sich: »Da sie im Winter 1916 in Nymphenburg an einer doppelseitigen Brustfellentzündung darniedergelegen war und unmittelbare Lebensgefahr bestanden hatte, schien mir die Sache nicht unbedenklich. Zudem war sie sehr niedergedrückt und mutlos, wie ich manchen Äußerungen in ihren Briefen entnahm.« Peter Jerusalem erhielt Urlaub und durfte nach Landshut fahren, wo Lena Christ sich bereits wieder von ihrer Grippe erholt hatte und nicht mehr bettlägerig war.

Auch war Lena Christ in der Zwischenzeit umgezogen. Sie hatte eine Teilwohnung in der Maximilianstraße gemietet und mit alten Möbeln leihweise ausgestattet. Die Wohnung lag in der Nähe der Schwere-Reiter-Kaserne. Von den Fenstern des Wohnzimmers hatte man einen schönen Blick auf die Jodokskirche und die »bewaldeten Höhen vor der Trausnitz«.

Bereits berühmt durch ihre »Kriegsbücher« erhielt Lena Christ hierher einmal einen Brief ausgehändigt, der mit der Anschrift versehen war: »An die Militärbriefstellerin Christus, Landshut, Maximilianstras 8«. Lena Christ hatte nämlich einigen Frauen Urlaubsgesuche für ihre im Felde stehenden Männer geschrieben. Da dies zumeist Bäuerinnen waren, wurde sie zum Dank von ihnen mit Naturalien versorgt. Denn inzwischen gab es auch in Landshut nur mehr rationierte Waren und Markenzuteilung.

Eine Landshuterin erinnerte sich 1950:
»Man kannte Lena Christ als die große, stattliche, blonde Frau, die alle verehrten und deren silberhelles Lachen laut durch die Maximilianstraße klang, wenn sie nach Hause ging ... Sie schrieb bereitwillig für die Bauern Gesuche, die in den meisten Fällen zum gewünschten Erfolg führten. Bald war sie in der Stadt Landshut und in der ganzen Umgebung wegen ihrer großen Hilfsbereitschaft bestens bekannt. Am liebsten hielt sie sich in der Tandlerei in der Schirmgasse auf. Der Sohn der alten Tandlerin, bei der Lena ein- und ausging, berichtet, daß sie es durch ihr Gesuch zuwege brachte, daß sein Vater von Berlin in das Heimatlazarett Landshut verlegt wurde. Er erinnert sich noch an Lenas Stube, die ihre eigene Note trug: alte, aus der Tandlerei

stammende Möbel, drapierte Vorhänge und den von Lena über alles geliebten Glaskasten, in dem sie die vielen geschliffenen Gläser, die bunten Krügerl und gestickten Bauerntücher aufbewahrte. Jedes einzelne Stück davon hatte seine Geschichte und war darum Lena besonders teuer … An den Markttagen saß sie in der Küche der Tandlerei und hörte, nicht selten mit dem Notizbuch in der Hand, den Bauern bei ihren Gesprächen zu.«

Quelle: A. M. Schmidt-Hauser, Landshuter Erinnerungen an Lena Christ, 1950, zit. nach: Walter Pöschl, 1918 – Das Schicksalsjahr der Lena Christ in Landshut, in: Unsere Heimat, 5. September 1998, S. 57.

In jener Zeit fühlte Lena sich immer mehr ausgelaugt; sie litt unter der Trennung von Peter Jerusalem. Im März 1918 schrieb sie ihm, dass sie nur mehr auf seine Heimkehr warte: »Das ist so ziemlich das Alpha und Omega meines Denkens. Und wenn der Krieg noch lang dauert, dann werd ich ein Opfer desselben. Das weiß ich bestimmt. Ich war nur durch Dich was und bin nix mehr, seit ich Dich nicht mehr hab. Ich bin haltlos, kraftlos und lebenslos. Mein ganzes Dasein und Tagwerk ist wie ein Traum – ein Traumzustand, in dem ich mechanisch das und jenes unternehme, Dummheiten mach, gscheite Ideen hab, Gemütsempfindungen hab –, aber mein eigentliches Leben ist wie in einem Sarg verschlossen und nur Du kannst es wieder zum Leben bringen …« Für ihren endlich auf Urlaub weilenden Ehemann und Mentor hatte Lena ihm als Überraschung den Anfang ihres neuen Romans »Madam Bäurin« auf dem Schreibtisch bereitgelegt.

Der Erste Weltkrieg ging zu Ende, der Waffenstillstand wurde am 11. November 1918 unterzeichnet und Peter Jerusalem machte sich drei Tage später auf den Heimweg nach Landshut. Hier fand er den neuen Roman »Madam Bäurin« nunmehr fertig vor; dieser erschien dann 1919 im Leipziger List Verlag.

Lena Christ hatte mit ihrer Familie die schlimmen Kriegszeiten überstanden, aber schlimmere Jahre sollten noch folgen. Denn der Krieg brachte eine Zäsur auch in ihrem Leben und in ihrer zweiten Ehe, deren Ende sich nun offenbarte.

9 Die Verliebte

»Körperlich zäh, von großer Widerstandskraft und einem Willen, der jeden Schicksalsschlag gelassen hinnahm und mit Ruhe parierte, war sie in seelischen Dingen weich wie Wachs, in dem der geringste Eindruck seine Spuren zurückließ. / Solange ich an ihrer Seite war, stand sie unter meinem Einfluß, jetzt, nach meiner monatelangen Abwesenheit, hatte der andere Macht über sie gewonnen, und sie war seinem Zauber verfallen. Und wie sie vordem sich an mich geklammert hatte, um den dunklen Mächten in ihr zu entfliehen, hängte sie sich jetzt an den andern mit der ganzen Leidenschaft, deren sie fähig war«, schrieb Peter Jerusalem (Benedix) rückblickend über Lena Christ und ihre neue Liebe.

DER »BUB«

Der »Andere«, das war der Kriegsinvalide Ludwig Schmidt alias Lodovico Fabbri, den Lena Christ liebevoll – wegen der Altersdifferenz – »ihren Bub« nannte. Lodovico, als Kind deutscher Eltern in Italien geboren, war ein charmanter junger Mann voller lustiger Einfälle, welche die zur Schwermut neigende Lena aufheiterten. Er sang Lieder zur Laute und Klavierbegleitung und trat damit öffentlich auf. Bei einem solchen Vortragsabend im Landshuter Lazarett lernte Lena »ihren Bub« kennen.

> *»Bei einem Vortragabend für die Verwundeten des Landshuter Lazaretts im vergangenen Jahr, an dem auch Lena aus ihren Büchern vorlas, hatten wir die Bekanntschaft eines Sängers gemacht, der am Klavier Lieder vortrug und als Kriegsinvalide im Gefangenenlager Unteroffiziersdienste tat und zwar als Dolmetscher, da er die italienische, französische und englische Sprache vollkommen beherrschte … Als ich wieder an die Front ging, hatte ich den Unteroffizier und Sänger, einen munteren, stets zu Scherzen und Späßen aufgelegten jüngeren Mann, gebeten, sich in meiner Abwesenheit meiner Frau anzunehmen und damit nichtsahnend den Bock zum Gärtner gemacht.«*

aus: Peter Benedix, Der Weg der Lena Christ, S. 160f.

Lena Christ, um 1913

TRENNUNG VON PETER JERUSALEM

»Bald nach Neujahr, im Januar 1919, fuhr die Lena mit ihren Kindern nach München, ich blieb in Landshut zurück. Sie eilte dem andern nach, ihrem ›Buben‹, wie sie ihn nannte, der jetzt wieder in der Landeshauptstadt weilte«, erinnerte sich Peter Jerusalem (Benedix), der verlassene Ehemann.

Lena hatte sich von ihrem Ehemann getrennt und war dem Geliebten nach München gefolgt. Sie bezog mit ihren Töchtern zunächst die kleine Atelierwohnung, in der sie vormals die Möbel untergestellt hatte, und dann ab November 1919 bis März 1920 eine größere Wohnung in der Tizianstraße 35. Dennoch war Lena Christ nicht glücklich; die Trennung nagte an ihr und ihrer Gesundheit, wie ein Brief vom Januar 1919, den allein Peter Jerusalem (Benedix) überlieferte, aufzeigt: »Nach einer durchweinten Nacht bin ich soweit gefaßt, daß ich Dir wenigstens schreiben kann. Bitte, nimm mir meine Nervosität nicht übel auf. Ich bin so elend beisammen, so zermürbt, daß ich halt nicht mehr kann. Denn daß Ihr mir bald beide verloren seid, Du und der Bub, daß auch das Glück sich allmählich von mir wenden wird, das weiß ich bestimmt. Ich falle eben doch dem Schicksal anheim, welches mir meine Mutter gewünscht hat. Ganz bestimmt. Ich will heute zum Arzt gehen. Und darnach vielleicht zu einem Psychiater, damit ich weiß, was mit mir los ist, und wie man mir helfen kann. Denn so darfs nicht weitergehn. Im Kino fing ich an zu heulen, wollte zu Dir und verdarb natürlich den andern den Abend. Und wenn ich bei Dir bin, verderb ich Dir die Tage. Und mir hab ich das Leben verdorben.«

Lenas zweiter Versuch, eine Ehe mit Familienleben zu führen, war gleichfalls gescheitert. Damit ging eine relative Sicherheit verloren, die sie bei Peter Jerusalem gefunden hatte. Mit ihrem »Bub« lebte sie von der Hand in den Mund, von Abendveranstaltungen mit Lesung und Musik, von ihren Buchhonoraren, die jedoch immer spärlicher flossen.

»BAUERN« UND »MADAM BÄURIN«

Jetzt kämpfte Lena Christ wieder ums Überleben, wie so viele andere in der Nachkriegszeit. Massenarbeitslosigkeit, Wohnungsnot, Hunger, Krankheiten und revolutionäre Umwälzungen erschütterten Land und Leute. In diesen unruhigen Zeiten veröffentlichte sie gegen Ende des Jahres 1919 im Leipziger Verlag Paul List unter dem Titel »Bauern« eine Sammlung von »bayerischen Geschichten«, die in den letzten Jahren in verschiedenen Zeitschriften und in den »Münchner Neuesten Nachrichten« erschienen waren. Das Buch wurde recht beifällig aufgenommen.

> Die »Münchner Neuesten Nachrichten« schrieben über das Buch »Bauern« am 12. Januar 1920:
> *»Ueber die Art dieser ungeschminkten waschechten Geschichten ist in diesem Blatt, da den Lesern Lena Christ längst keine Fremde mehr ist, nicht viel Neues zu sagen. Unbedingte Vertrautheit mit Sprache, Sitte, Arbeit und Charakter des oberbayerischen Bauern, eine gerade, unsentimentale Erzählgabe und … ungezwungener Humor, das sind die … Eigenschaften, die der Verfasserin der Geschichten nachzurühmen sind.«*

Kurz darauf kam ebenfalls im Leipziger List Verlag der Roman »Madam Bäurin« heraus, da der Verlag Langen das Manuskript abgelehnt hatte. Dennoch wurde der Roman für lange Zeit der erfolgreichste, urteilte Gugel in ihrer Dissertation über Leben und Werk der Lena Christ.

In diesem volkstümlichen Roman hat die hübsche und energische Rosalie Scheuflein ganz andere Vorstellungen vom Glück als ihre Mutter. Die verwitwete Rechtsrätin muss von einer kärglichen Pension leben, und so scheint die Verlobung der Tochter mit dem vermögenden Assessor von Rödern unausweichlich. Doch dann lernt Rosalie in der Sommerfrische den jungen Bauern Franz kennen. Beide setzen sich über die Vorurteile ihrer Umgebung hinweg und heiraten. Lena Christ lässt in »Madam Bäurin« die Heldin den umgekehrten Weg wie in der »Rumplhanni« gehen: Nun zieht die Städterin aufs Land und findet ihr Glück auf einem Bauernhof.

Weitere Veröffentlichungen der Lena Christ folgten nicht mehr. Ihr altmünchener Roman sowie eine Erzählung »Kuckucksei« blieben unvollendet, der Einakter »Der Hochzeiter« soll allerdings noch 1919 fertiggestellt worden sein.

Lenas Honorare konnten mit der inflationären Geldentwicklung nicht mithalten. Zumal ihr Noch-Ehemann auch einen Teil davon beanspruchte, da er sich – wie er sagte – eine eigene Existenz aufbauen müsse. Trotzdem lebte das Ehepaar weiterhin getrennt und ging separate Wege.

Nach Peter Jerusalem (Benedix) warf Lena Christ das Geld »mit vollen Händen hinaus« und ihrem Geliebten alles nach, »nur mehr von dem Gedanken beherrscht, (ihn) mit güldenen Banden zu fesseln.« Zu Recht betont Goepfert, dass der verlassene Ehemann in diesem Fall zu voreingenommen wertete. Denn angesichts der wenigen Einkünfte und Ersparnisse, die Lena Christ damals hatte, konnte ein verschwenderisches Leben gar nicht geführt werden. Von ihren Verlagen erhielt Lena Christ keine weiteren Zahlungen mehr, zudem war die Geldentwertung bereits deutlich zu spüren. Im Januar 1919 kostete der US-Dollar noch neun Mark und ein Jahr später bereits 65 Mark. Lena Christ konnte unter diesen Umständen ihren Lebensunterhalt für sich selbst und ihre zwei Töchter kaum decken, geschweige denn für ihren geliebten »Bub« viel Geld ausgeben. Dieser hatte sich dann auch zu Beginn des Jahres 1920 von ihr getrennt und war nach Frankreich gereist. Lena Christ blieb verlassen in München zurück. Der Versuch, ihre Liebe und Leidenschaft zu leben, war gescheitert.

10 Die Verlorene

»Man hetzt mich zu Tod«, schrieb Lena Christ in einem ihrer Abschiedsbriefe. Denn die letzten Wochen ihres Lebens gestalteten sich chaotisch und qualvoll.

KRANKHEIT UND DEPRESSION

Ihr Leben lang war Lena Christ kränklich gewesen. Häufig plagte sie ein Lungenleiden, manche meinen sogar die Schwindsucht. Aber auch psychisch erwies sie sich als labil. Professor Kerschensteiner, der sie als Oberarzt im städtischen Schwabinger Krankenhaus mehrmals behandelt hatte, diagnostizierte bereits 1916 eine »außerordentliche Erregbarkeit« der Nerven.

München, am 24. III. 1916
Aerztliches Zeugnis
Der Unterzeichnete bestätigt, daß Lena Jerusalem, Schriftstellerin, seit mehreren Jahren neuerdings wieder seit Oktober in seiner Behandlung steht wegen Lungenspitzenkatarrhs, Herzneurose und schwerer allgemeiner Nervosität. Es bestehen zeitweise Zustände von außerordentlicher Erregbarkeit.
Professor H. Kerschensteiner

Quelle: Schriftverkehr in Sachen Beleidigungsklage des Rittmeisters Trombetta, Staatsarchiv München, Staw. München I, 1816

Herta-Maria Renk wandte sich in ihrem Beitrag für das »Handbuch der Literatur in Bayern« vehement gegen das Krankheitsbild der Hysterie, welches Lena Christ hauptsächlich von ihrem zweiten Ehemann Peter Jerusalem (Benedix) zugewiesen wurde. Hysterie versuchte Renk als »gängiges Vorurteil gegenüber Frauen« zu entkräften und ersetzte sie nach neueren medizinischen Auffassungen durch »Emotionalisierung«, »Dramatisierung« und »Verdrängung«, letztendlich durch »neurotische Konfliktverarbeitung«. Dabei können Dämmerzustände und halluzinatorische Phänomene auftreten, die Peter Jerusalem (Benedix) bei Lena Christ beobachtet haben will.

»Anders hingegen war es um das psychische Leiden bestellt, von dem die Frau befallen war, und das sich in Bewußtseinstrübungen, ja bis ans Irresein grenzenden Störungen äußerte. Dabei traten auch Gesichtshalluzinationen auf: sie sah nichtvorhandene Dinge und Menschen ... Diese Anfälle verminderten, ja verloren sich jedoch ganz in dem gleichen Maße, als ihr äußeres Leben ruhiger und gesicherter und von Aufregungen freier wurde. Zweifellos hatten sie ihre Ursachen in nervösen Erschöpfungszuständen ...; die anderen Anfälle aber, von denen sie in Zuständen der Erregung noch einige Jahre heimgesucht wurde, waren typische Erscheinungen der sogenannten Hysterie und wohl in der von der Großmutter und Mutter überkommenen Erbmasse begründet.«

aus: Peter Benedix, Der Weg der Lena Christ, S. 13

Hysterie und Wahnsinn

Das Lexikon verzeichnet unter Hysterie seelische Krankheiten, die sich in verschiedenartigen psychischen und physischen Symptomen äußern. Hierbei sind charakteristisch nicht koordinierte Denk-, Handlungs- oder Verhaltensabläufe, Gedächtnis- und Wahrnehmungsstörungen, eine gesteigerte Suggestibilität und Empfänglichkeit für Selbstsuggestionen u. v. m. – Die Psychoanalyse versteht unter Hysterie eine durch verdrängte Konflikte entstandene Neurose (vgl. S. Freud, Studien über Hysterie, 1893), die mit Hilfe psychoanalytischer Therapie behandelt werden kann.

An der Wende vom 19. zum 20. Jahrhundert entstand in der bürgerlichen Gesellschaft der Typus der kranken, schwachen, pflegebedürftigen, zarten, von Ohnmachtsanfällen und Migräne heimgesuchten, oft auch hysterischen Frau. Diese dekadente, in Todesnähe wandelnde Frau war sowohl zeitbedingtes Frauenbild der bürgerlichen Gesellschaft als auch reale Antwort der Frau auf Selbstentfremdung, Unterdrückung und Doppelmoral. – Die frauenhistorische Forschung stellte fest, dass seit Mitte des 19. Jahrhunderts Frauen begannen, massiv gegen die patriarchalische Gesellschaftsordnung zu revoltieren: einerseits in der sich formierenden Frauenbewegung, andererseits durch Krankheitssymptome wie die »grande hysterie«. – Damit ist die Hysterie eher ein gesellschaftliches als psychiatrisch-pathologisches Problem und wurde durch die Ungleichheit der Geschlechter hervorgerufen. In diesem Zusammenhang sah Sybille Duda die Psychoanalyse als »Sozialisationstheorie des Patriarchats« (Vorwort zu »WahnsinnsFrauen«, 1992): Da man Frauen, die gegen ihre zugeschriebene Geschlechtsrolle protestierten, sich selbst verwirklichen wollten, ausbrachen und sich gegen die männliche Dominanz wehrten, als hysterisch bezeichnete und damit pathologisierte. – Bereits 1793 formulierte die englische Frauenrechtlerin Mary Wollstonecraft (Verteidigung der Rechte der Frauen): »Die Tyrannei der Männer ist Ursache fast aller Geisteskrankheiten der Frauen.« Und Judith Lewis Herman kam 1992 in ihrer Untersuchung »Die Narben der Gewalt« (dt. 1994) zum Schluss: »Hysterie ist die Kriegsneurose des Geschlechterkrieges«.

Aber psychische Störungen, wie Depressionen, sind allein nicht zwangsläufig ein Grund für einen Suizid. Eine große Rolle spielen dabei auch andere Risikofaktoren, vor allem Lebenskrisen und Schicksalsschläge. In einer solch ausweglosen Situation wähnte sich Lena Christ im Frühjahr 1920 gefangen. Sie sah, dass ihr Bestreben, sich auf eigene Füße zu stellen, zum Scheitern verurteilt und sie zudem auf die schiefe Bahn geraten war.

DIE BILDERAFFÄRE

Lenas finanzielle Mittel gingen zur Neige. Wieder war sie in München umgezogen, von der Tizianstraße 35 (heute 18), wo sie seit November 1919 lebte, nunmehr in die Schwabinger Bauerstraße Nummer 40. Hier bewohnte sie mit ihren Töchtern die rechtsgelegene Erdgeschosswohnung ab März 1920 bis zu ihrem Tod. Aus der Hinterlassenschaft der Lena Christ wissen wir, dass die Einrichtung der Wohnung sparsam war: Ein Schreibtisch mit Bücherkastl samt Büchern; ein Glaskasten mit Inhalt (das waren ihre Sammlerstücke vom Trödler); im Wohnzimmer stand ein runder Tisch aus Mahagoni mit sechs Stühlen, an der Wand vier Bilder im Rahmen (Drucke), eine Standuhr; als Schlafgelegenheiten für sich und ihre zwei Töchter dienten ein Kanapee, eine Bauernbettstatt, ein Liegestuhl; ein Bauernkasten und eine Bauerntruhe, zwei Wandspiegel, zwei Teppiche sowie eine Nähmaschine vervollständigten das Inventar.

In der Nachkriegszeit wurde die alltägliche Versorgung einer Familie immer schwieriger. Die Geldentwertung schritt voran; heimkehrende Soldaten hatten Vorrang auf dem Arbeitsmarkt, so dass die Frauenerwerbstätigkeit stark zurückgedrängt wurde. Zudem brach der Buchmarkt weitgehend zusammen. Schriftstellerinnen hatten daher kaum Möglichkeiten in ihrem Metier zu überleben. Peter Jerusalem (Benedix) beschrieb diese missliche Lage anschaulich: »Der Ertrag schriftstellerischer Arbeiten war nicht allzu groß. Die Dinge des täglichen Bedarfs hatten sich allmählich ohne Ausnahme der Entwertung der Mark angepaßt, nur die Honorare nicht. Was begreiflich war, denn weder die größten Zeitungen noch die dicksten Bücher konnten auf dem Markt mit der kleinsten Wurst Schritt halten.«

Hinzu kam, dass sich Lenas Noch-Ehemann einen Teil des Honorars, das Lena Christ für ihren letzten Roman »Madam Bäurin« erhielt, ausbedungen hatte, um seine eigene Existenz zu sichern. Erst Ende 1920 bekam er eine Anstellung mit fester Bezahlung, wovon Lena Christ aber nicht mehr profitieren konnte.

Peter Jerusalem (Benedix) berichtet:
»Als das Buch erschien, hatte ich mich schon von ihr getrennt und war nach Schwabing zurückgekehrt, um als möblierter Zimmerherr mein dort vor acht Jahren abgebrochenes Junggesellendasein wieder aufzunehmen … Mit dem kleinen, von mir ausbedungenen Anteil an dem Ertrag ihres letzten Romans, dessen Buchrechte sie gegen eine Pauschalsumme an den Leipziger Verlag verkauft hatte, versuchte ich nun, mir nach dem

Kriege wieder eine Existenz aufzubauen, was mir auch für die Dauer eines guten Jahres gelang, bis die stetig wachsende Inflation mich am Ende des Jahres 1920 zwang, mir durch eine andere Tätigkeit als die eines Schriftstellers den nötigen Unterhalt zu verschaffen.«

aus: Peter Benedix, Der Weg der Lena Christ, S. 190

Alleingelassen und außerstande eine einträgliche Beschäftigung zu ergreifen, suchte Lena Christ nach einer anderen Möglichkeit, um den Lebensunterhalt für sich und ihre zwei Töchter zu sichern. Sie verkaufte Bilder, auf denen sie die Signaturen berühmter Künstler hinzugemalt hatte, stümperhaft und bei genauem Hinsehen erkennbar, aber dennoch betrügerisch.

Diese mit falschen Signaturen versehenen Gemälde verkauften sich gut und teuer, bis der Hamburger Parfümfabrikant Dralle den Betrug zur Anzeige brachte. Er hatte von Lena Christ eine vermeintliche Defregger-Skizze für 25 000 Mark erstanden, so meldete der Polizeibericht in den »Münchner Neuesten Nachrichten« vom 1. Juli 1920. Angeblich mussten später 40 000 Mark an die Geschädigten zurückgezahlt werden.

Inzwischen hatten aber auch einige »gefälschte« Künstler von der Sache Wind bekommen und sich dagegen verwahrt. Offenbar hatte Lena Christ das Gemälde eines Rotgardisten nachträglich mit Futterer signiert, weshalb dieser mit Klage drohte.

Um 1900 waren die Brüder Futterer in München ansässig geworden und verkehrten in den Schwabinger Künstlerkreisen. August Futterer (1865–1927) zeichnete mit der Feder und sein Bruder Josef (1871–1927) widmete sich der impressionistischen Malerei. Er schuf Landschaften und Blumenstillleben von intensiver Farbkraft, aber auch Münchner Wirtshausszenen. Zu Beginn des 20. Jahrhunderts war er eine bekannte und originelle Erscheinung in München.

Um sich aus der Affäre zu ziehen, bat Lena Christ den Münchner Stadtrat und Vorsitzenden der Münchner USP, den Publizisten und Apotheker Richard Scheid, zu dessen politischer Partei sie sich bekannte, um Hilfe in dieser leidigen Sache.

München, 26. 5. 20, Bauerstr. 40/0

Sehr geehrter Herr Scheid,

Leider muss ich Ihnen mitteilen, dass mir die Futterer Bildgeschichte recht zuwider wird, seit ich mit dem Professor darüber gesprochen habe. Futterer ist erstens ein ausgesprochener rabiater Gegner unserer Partei. Er fragte mich sofort, ob ich U. S. P. sei und ich bin überzeugt, dass er, sobald er das Bild in die Finger bekommt, nicht nur sagt, er habe niemals einen Rotgardisten gemalt, sondern dass er nur gewiss das schöne Bild vernichtet, wozu ja, sobald er sagt, es ist falsch, berechtigt ist. Es kann ja auch sein, dass ich selbst ausgeschmiert wurde, ich glaube aber viel eher, dass dies nicht der Fall ist. Was raten Sie mir nun, verehrter Herr Scheid? Soll ich es der Frau zurückgeben mit der Begründung, es ist falsch? Soll man es Futterer geben und es vernichten lassen? Soll man das Signum, das der Maler selbst als nicht von ihm stammend bezeichnet, ohne Risiko entfernen? Ich möchte nicht gern in einen Saustall geraten und Futterer drohte mir schon mit Prozess.

Ich bitte Sie als unsern Parteivorstand, mir als einer armen Schriftstellerin doch einen kameradschaftlichen guten Rat zu geben.

Mit ergebensten Empfehlungen

Ihre Lena Christ

Quelle: Monacensia, Handschriftenarchiv, Lena Christ, Sammelstück Nr. 2

Dem Schreiben an Scheid kann man entnehmen, dass Lena Christ sich seit der Trennung von Peter Jerusalem von dessen konservativen Auffassungen gelöst und sich sozialistischen Ideen zugewandt hatte. Nach Ghemela Adler weist auch Lenas neues Künstler-Pseudonym L. Kristoff darauf hin: »Dieser russisch anmutende Name wurde wohl in Begeisterung über die Macht des revolutionären Proletariats in Rußland gewählt.« Ihrer Sympathie für den politischen Umsturz am Ende des Ersten Weltkriegs verleiht Lena Christ in einem Brief an Ernst Toller (10. April 1919) Ausdruck, den sie nur drei Tage nach Ausrufung der Räterepublik verfasst hatte. Darin bittet sie um Unterstützung, die dem notleidenden Proletariat versprochen worden war.

Die letzte Aufnahme: Lena Christ, um 1918

Revolution und Räterepublik 1918/19

Am 7. November 1918 riefen SPD und USPD zu einer Kundgebung auf der Münchner Theresienwiese auf. Kurt Eisner forderte dabei den Zusammenschluss der Arbeiter, Bauern und Soldaten sowie eine neue politische Ordnung. Er erklärte König Ludwig III. von Bayern für abgesetzt und rief den republikanischen »Freistaat Bayern« aus. Am 8. November konstituierte sich der »Provisorische Nationalrat« und Kurt Eisner wurde Bayerns erster Ministerpräsident. Man proklamierte die Gleichheit von Männern und Frauen, das allgemeine Wahlrecht für Frauen und die Abschaffung der geistlichen Schulaufsicht. In München und anderen Städten, wie Rosenheim, Augsburg, Nürnberg, Regensburg – um nur einige zu nennen –, kam es zur Bildung von Arbeiter- und Soldatenräten. Auf dem Land machte der radikale Bayerische Bauernbund der Brüder Karl und Ludwig Gandorfer seinen Einfluss geltend. Allerdings ergaben die allgemeinen Wahlen im Freistaat am 12. Januar 1919 für Eisners USPD nur drei von 180 Mandaten im bayerischen Landtag. Auf dem Weg zum Landtag, bereits entschlossen zum Rücktritt, wurde Kurt Eisner von Anton Graf Arco-Valley erschossen. Der neue Ministerpräsident Johannes Hoffmann (SPD) setzte sich mit Regierung und Landtag nach Bamberg ab, da in München inzwischen Arbeiter-, Bauern- und Soldatenräte das Machtvakuum gefüllt und am 7. April 1919 in Bayern die »Räterepublik« ausgerufen hatten. Unter der Leitung des Stadtkommandanten Rudolf Eglhofer (KPD) wurde eine »Rote Armee« aufgestellt. Auch die Regierung Hoffmann suchte nach Truppen und fand Unterstützung bei den Freikorps unter Ritter von Epp sowie dem Preußischen und württembergischen Militär. Nach heftigen Kämpfen schlugen die sogenannten Weißen Regierungstruppen und Freikorps die Revolution in München blutig nieder. Man zählte über 1000 Opfer. Ihre Führer Gustav Landauer und Rudolf Eglhofer wurden liquidiert, Eugen Leviné zum Tode verurteilt, Erich Mühsam erhielt 15 und Ernst Toller fünf Jahre Festungshaft. In den folgenden Wochen wurden mehr als 2200 Prozesse gegen die Anhänger der Räterepublik geführt und eine unglaubliche Rachejustiz geübt. Auch gegen Frauen, die sogenannten Kommunistenweiber, ging man erbarmungslos vor, denn viele hatten die Revolution unterstützt und sogar ihr Leben gegeben. So blieben die November-Revolution unvollendet und die alte soziale Ordnung weitgehend bestehen; die Monarchie jedoch musste endgültig einer parlamentarisch-republikanischen Demokratie weichen.

Noch einmal schrieb Lena Christ an Scheid und fabulierte, dass sie das angebliche Futterer-Gemälde von einer armen Witwe habe, deren Anonymität sie unbedingt wahren wolle.

Das phantasievolle Herausreden aber half nichts mehr. Inzwischen hatte sich die Staatsanwaltschaft eingeschaltet und die Presse die Affäre aufgegriffen. In der Münchner-Augsburger Abendzeitung erschien am 17. Juni 1920 ein ausführlicher Bericht mit der Überschrift »Eine Schriftstellerin als Bilderfälscherin«. Darin heißt es, dass eine bekannte im Norden Münchens wohnende Schriftstellerin »eine größere Anzahl minderwertiger Ölgemälde« zusammengekauft und die Bilder mit den Namen »namhafter Meister«, wie beispielsweise Franz von Stuck, Professor von Defregger, Albert von Keller, Futterer, Volz und anderen mehr, versehen und verkauft habe. Bei diesem Bilderhandel erzielte sie hohe Preise, zum Beispiel für einen Stuck 11 000 Mark. Lena Christ soll, nachdem der Betrug aufgeflogen war, zugegeben haben, dass sie durch die Fälschungen 60 000 Mark eingenommen hatte. Von polizeilichen Nachforschungen bedrängt, griff Lena Christ in ihrer Not zu immer neuen Ausflüchten. Allein die »Münchner Neuesten Nachrichten« brachten vier Artikel über das Ermittlungsverfahren. Darunter auch einen, der aufzeigte, dass Lena Christ einen kürzlich Verstorbenen als den maßgeblichen Bilderfälscher darstellen wollte und sich selbst als dessen betrogenes Opfer.

Die Münchner Neuesten Nachrichten berichteten am 29. Juni 1920 in der Ausgabe Nr. 259 (S. 3):

»... Als ihr Spiel schon bald aufgedeckt war, versuchte die Beschuldigte sich durch die Ausführung eines fein ausgeklügelten Planes aus der Schlinge zu ziehen. / Der Schwager eines Künstlers war in den ersten Tagen des Mai gestorben. Vierzehn Tage später kam eine Dame, die Beschuldigte, in die Wohnung der Witwe, in der zufällig auch der Künstler weilte. Die Dame fragte nach dem Wohnungsinhaber, und als man ihr sagte, er sei gestorben, war sie etwas überrascht. Auf die weitere Frage, um was es sich handle, behauptete sie, der Verstorbene habe ihr am 18. März acht Bilder für 27 000 Mark verkauft, die sie für 33 000 Mark weitergegeben habe. Ein Kunsthändler habe nun diese Bilder als falsch bezeichnet und sie fordere deshalb Schadenersatz; zunächst müsse sie die 6000 Mark, die ihren Nutzen darstellten, sofort haben. Dem Künstler kam die Sache eigentümlich vor, denn er wußte nur zu gut, daß sein Schwager sich nie mit dem Sammeln oder gar mit dem Verkauf von Bildern beschäftigt hatte und außerdem peinlich genau war. Die Frage des Künstlers war darum sofort: ›Haben Sie denn irgendwelche Beweise?‹ Darauf zog die Dame ein Schriftstück aus der Tasche, auf dem zu lesen war: ›Ich bestätige, daß ich an Frau ... für 27 000 M Bilder verkauft habe.‹ Die Unterschrift konnte der Künstler ohne weiteres für falsch erklären, und seine Schwester bestätigte diese Annahme. Man bedeutete also der Besucherin, daß sie wohl einem Schwindler zum Opfer gefallen sein müsse. / Nach acht Tagen erschien dieselbe Dame wieder in der Wohnung, diesmal mit einem Kriminalkommissar ... Der Künstler, der auch diesmal bei seiner Schwester weilte, fragte nun, wie denn sein Schwager ausgesehen habe, und erhielt darauf sehr unbestimmte Antworten. Er zeigte dann ein Bild und zwar eine mehrere Jahre zurückliegende Photographie, worauf die Schriftstellerin bestimmt behauptete: »Ja, das ist der Verkäufer.« Der Künstler hatte aber noch ein zweites Bild, aufgenommen in den letzten Lebenstagen seines Schwagers, da dieser durch die Krankheit schon wesentlich verändert war, und fragte, ob die

angebliche Bilderkäuferin auch diesen Mann kenne, was sie verneinte. Gerade in der letzten Lebenszeit aber mußte sich der ganze Handel vollzogen haben. Auf diese Feststellung hin wurde nun auch der Künstler deutlicher, und im Verfolge der Angelegenheit beantragte er für seine Schwester ... die Verhaftung der Schriftstellerin. Es stellte sich heraus, daß diese die Dame auf dem Hohenzollernplatz ein Gespräch mit Bekannten erlauscht hatte, in dem sie vom Tode ihres Gatten und den näheren Umständen einiges mitgeteilt hatte. Die wenigen aufgefangenen Bemerkungen hatte die Schriftstellerin für ihre Zwecke ausgenützt ...«

Lenas Versuche, sich aus der Verantwortung zu stehlen, berühren uns merkwürdig. Offenbar konnte sie nicht die Kraft aufbringen, sich den Konsequenzen ihres Tuns zu stellen, die Strafe auf sich zu nehmen und den Schaden wieder gutzumachen. Vielmehr fühlte sie sich in die Enge getrieben und suchte immer verzweifelter nach einem Ausweg.

LETZTE TAGE

Zunächst wandte sie sich noch ein letztes Mal hilfesuchend an ihren Ehemann Peter Jerusalem. Dieser, herbeigerufen durch einen Brief der inzwischen sechzehnjährigen Tochter Leni, eilte nächtens zur Wohnung in der Bauerstraße. Hier erwartete ihn eine vom Schicksal gebeugte und von schwerer Krankheit erschöpfte Frau: »Sie empfing mich am Eingang, und wir gingen zusammen in das matt erleuchtete Wohnzimmer ... Ich sah die Veränderung, die mit ihr vorgegangen war. Das Leiden hatte sie gezeichnet, und die Spuren der fortgeschrittenen Krankheit waren deutlich sichtbar. Sie war nur mehr ein Schattenbild ihrer selbst. Der, dem sie entgegengehen wollte, hatte die Hand schon nach ihr ausgestreckt.«

Neben Lenas Bett sitzend, hörte sich Peter Jerusalem (Benedix) ihre »Beichte« an, die nach seinem Bericht mit den Worten endete: »Ich hätt' halt nicht allein sein sollen. Wärst du dagewesen, wär' das alles nicht geschehn.« Danach meinte Lena Christ, dass sie sich bereits über die Art und Weise, wie sie aus dem Leben gehen möchte – vor den Zug werfen, von der Brücke springen, ins Wasser gehen, sich erschießen oder vergiften – Gedanken gemacht habe. Sie habe aber alles wieder verworfen bzw. besäße weder Schusswaffe noch Gift. Dann fragte Lena ihren Ehemann: »Was meinst du nun dazu? Glaubst du nicht auch, daß es das beste ist, wenn ich geh?« Peter Jerusalem überliefert uns den folgenden Dialog zwanzig Jahre später: »Ich nickte und erwiderte, daß ich ja deswegen gekommen sei, weil sie mich habe wissen lassen, daß sie diesen Schritt tun wolle. Sonst wär' ich ja gar nicht hier. / Sie dankte mir und sagte, daß sie nun ihren Frieden wieder habe und daß sie glaube, so das Begangene zu sühnen.«

Daraufhin sagte ihr Peter Jerusalem Hilfe zu und versprach, auf ihren Wunsch hin das erforderliche Gift zu besorgen. Drei Tage später ließ sie ihn wieder zu sich rufen, erzählte ihm, dass ihre Verhaftung bevorstehe und bat ihn um das Gift.

Ihre Sachen hatte sie bereits geordnet und von einigen Freunden schriftlich Abschied genommen, wie Peter Jerusalem (Benedix) überliefert: »Sie zeigte mir auch die Briefe, es waren etwa zehn, die sie an Freunde und Bekannte geschrieben hatte und die schon in Umschlägen verschlossen und frankiert dalagen.« Auch ein Brief an Ludwig Thoma war dabei, in dem sie ihn um Hilfe für ihre »zwei armen Kinder« bat. Magdalena Dietz, die älteste Tochter von Lena Christ, erinnerte sich allerdings später, dass sich Thoma »nie um uns Kinder gekümmert« habe.

Abschiedsbrief an Ludwig Thoma:
München, Bauerstrasse 40/or.
29. 6. 20
Herrn Dr. Ludwig Thoma

Sehr verehrter Herr Doktor,
wenn Sie diese Zeilen lesen, bin ich nicht mehr am Leben. Ich habe meinen Fehltritt freiwillig mit dem Opfer meines Lebens gesühnt, damit die Ehre meiner Kinder bewahrt bleibt. Bitte, bewahren Sie der Frau, die gleich Ihnen Bauerntum studierte,

liebte und beschrieb, ein gutes Andenken. Und wenn Sie können, helfen Sie zwei armen Kindern zulieb zur Ehrenrettung durch ein Wort an die, die mich verstehen.
Leben Sie wohl verehrter Gönner!
Ihre unglückliche Lena Christ.

Quelle: Monacensia, Handschriftenarchiv, Nachlass Ludwig Thoma

AUF DEM WALDFRIEDHOF

Peter Jerusalem verschaffte sich von einem befreundeten Chemiker Zyankali, weil dieses Gift am sichersten und schnellsten wirkt. Er traf seine Frau, wie vereinbart, am Waldfriedhof. Lena Christ hatte von ihren Töchtern, unter dem Vorwand verreisen zu müssen, Abschied genommen, war mit der Trambahn zum Harras gefahren und dann zu Fuß zum Waldfriedhof hinausgegangen. Dort sagte sie auch ihrem Ehemann Lebewohl, nahm das Giftfläschchen und ging zum Sterben. Peter Jerusalem folgte ihr, nach seinen eigenen Worten, »in einigem Abstand«. Am väterlichen Grab des geliebten »Buben« setzte Lena Christ ihrem Leben ein Ende. Am 20. Juni 1920, vormittags zwischen 9 und 10 Uhr. Peter Jerusalem (Benedix) hatte sich, bevor sie das Gift nahm, abgewandt und war zur Friedhofsverwaltung gegangen. Er schrieb darüber 20 Jahre später: »Dort wies ich meinen Brief vor, in dem stand, daß die Schreiberin ihr verpfuschtes Dasein wegwerfen wolle und draußen im Waldfriedhof liege, wo sie auch ruhen möchte.« Eine Friedhofsarbeiterin hatte die Leiche bereits entdeckt und gemeldet. Gemeinsam gingen sie zur bezeichneten Stelle: »Sie lag auf dem Rücken, in den Efeu des Grabes gebettet, mit weit offenen Augen … Ihre Handtasche hatte sie an den Schirm gehängt und diesen an das Grabmal gelehnt. Daneben lag ihr Sommerhut und etwas abseits das leere Fläschchen. Zu ihrem letzten Gang hatte sie ihr einfaches schwarzes Seidenkleid angezogen, in dem sie auch begraben sein wollte.«

Peter Jerusalem hielt Totenwache, bis die Polizei eintraf. Danach machte er sich auf, die Töchter vom Ableben ihrer Mutter zu unterrichten.

Das »Selbstmordverzeichnis von 1920« hält unter der laufenden Nummer 70 fest:
Vor- und Zuname des Selbstmörders: Jerusalem Magdalena
Alter / geboren: 30. 10. 81 Glonn bei Ebersberg
Religion: Katholisch
Stand: Schriftstellerin
Sittlicher und religiöser Charakter: gut
Körperlicher Zustand: günstig
Familienverhältnisse: verheiratet
Erwerbs- und Vermögensverhältnisse: ungünstig
Art, Ort und Zeit der Selbstentleibung: 30. 6. 20, Waldfriedhof, vergiftet
Nächste Veranlaßung: Furcht vor Strafe

Quelle: Staatsarchiv München, Polizeidirektion München 7845

Auf dem Waldfriedhof, »Sektion 44, Reihe 3, Nummer 14«, wurde Lena Christ bestattet, wie ihre Tochter am 22. August 1933 Hans Ludwig Held mitteilte. Das schmiedeeiserne Grabkreuz trug die Inschrift: »Dein Weg auch mal / zu Ende geht / O schenke mir / ein still Gebet.« Dieses Originalkreuz wurde bei der Übernahme des Grabes durch Friedrich Isaak, den Halbbruder der Lena Christ, entfernt und durch ein Holzkreuz ersetzt.

Ihr Witwer, Peter Jerusalem (Benedix), ging später eine zweite Ehe mit der Violinistin Sascha Krauss ein und starb am 6. März 1954 in Irschenhausen.

MOTIVE DES FREITODS

Adelheid von Gugel meint in ihrer Dissertation über Leben und Werk der Lena Christ, dass diese »unfähig war, sich in jener unruhigen Zeit, die alle Werte verschob, zu behaupten. Vermutlich hätte man ihr ein sehr mildes Urteil zugebilligt. Aber sie fand sich schuldig und wollte aus Selbstachtung vermeiden, sich der Öffentlichkeit in einem Prozeß zu stellen. So wünschte sie freiwillig aus dem Leben gehen. Die Fälschungsangelegenheit spielte dabei nur eine sekundäre Rolle. Sie gab lediglich den Anstoß zu dem Entschluß, dessen eigentliche Ursachen tiefer

Der Waldfriedhof: Grab der Lena Christ in München

lagen und weiter zurückreichten.« Die sozialdemokratische »Münchner Post« vom 1. Juli 1920 sah im Freitod der Lena Christ ein Symptom des »heutigen Geistesarbeiterelends«; er zeige die »ärgste Not in einem Volk«, denn »seine geistigen Kräfte wissen nicht, wo sie ihr Haupt betten sollen.«

Die »Landshuter Zeitung« schrieb über den Freitod der Lena Christ am Samstag, den 3. Juli 1920:

»Mü 2. 7. Die wegen einer großen Bilderfälschungsaffaire viel genannte 39jährige Schriftstellerin Lena Christ hat sich im Waldfriedhof an einem Grabe vergiftet. Sie hinterließ einen Abschiedsbrief, in dem sie schreibt, daß sie einsehe, einen unrechten Weg gegangen zu sein. Sie wolle wegen ihres verpfuschten Daseins nicht weiter leben. Die Welt solle über sie nicht richten, das solle nur Gott allein. Am Schlusse bat sie ihren Ehemann um Verzeihung und sprach die Bitte aus, daß die Kinder ehrlich bleiben mögen. Lena Christ hat also ihre merkwürdige Verirrung, die beinahe nur pathologisch erklärt werden kann, schwer gebüßt. Die aus dem Leben Geschiedene war eine erfolgreiche Schriftstellerin.«

zit. nach Walter Pöschl, 1918 – Das Schicksalsjahr der Lena Christ in Landshut, in: Unsere Heimat, 5. September 1998, S. 57

Suizid

Heutzutage nimmt sich alle 45 Minuten ein Mensch in Deutschland das Leben. Im Jahr 2002 waren das 8106 Männer und 3057 Frauen; 2006 gab es 9765 Selbstmorde zu verzeichnen. In Zeiten von Stellenabbau und hoher

Arbeitslosigkeit sowie während einer Wirtschaftskrise erhöhen sich die Suizidzahlen. Angst vor Armut, Scham und Ohnmachtsgefühle, entwürdigende Behandlung und ausgegrenztes Dasein treiben viele in den Freitod. Die steigenden Selbstmordzahlen der Weimarer Republik wurden von manchen Zeitgenossen in Verbindung gebracht mit der Kriegsniederlage und Umwälzung der staatlichen Ordnung, mit Modernisierung und wirtschaftlicher Rezession. Der damals vorherrschende sozialdarwinistische Diskurs erklärte den Suizid biologistisch und deutete ihn als ererbte Degenerationserscheinung. Damit war der Freitod eine genetisch bedingte Schwäche des Individuums und weniger eine Reaktion auf die allgemeinen wie individuellen Verhältnisse.

In der Presse und der Münchner Gesellschaft war ›der Fall Lena Christ‹ Tagesgespräch und wurde weidlich ausgeschlachtet, wie dies Ghemela Adler in ihrer Arbeit über das Werk der Schriftstellerin Lena Christ aufführt. Deshalb kritisierte auch der Kolumnist der »Münchner Spaziergänge« in den »Münchner Neuesten Nachrichten« vom 10. Juli 1920 die »Tratschzirkel, deren München nicht arm ist«, und die »mit kernigem Schmatzen über andere herfallen.«

Am 29. Juni 1921, ein Jahr nach dem Freitod der Lena Christ, schrieb der Literaturkritiker Josef Hofmiller in den vielgelesenen »Münchner Neuesten Nachrichten« erinnernd und erklärend: »Am 30. Juni ist es ein Jahr, daß Lena Christ lautlos aus dem Leben ging, zur Sühne für die Fälschungen von Künstlersignaturen, die sie begangen hatte, um Bilder leichter zu verkaufen ... Sie war wohl recht ungeschickt. Ungeschickt im Leben, ungeschickt im Fälschen, ungeschickt im Sterben. Sogar zum ethischen Alibi war sie zu ungeschickt. Sie lebte in Schwabing, ohne die Schwabinger Weltanschauung zu lernen. Sie schrieb, um leben zu können, darunter drei Meisterwerke, machte eine Unbesonnenheit, verlor den Kopf, schrieb geschwind noch ein paar rührend dankbare Abschiedsbriefe und fuhr mit der Tram hinaus auf den Waldfriedhof, um gleich draußen zu bleiben …«

Kurz nach dem Tod der Lena Christ veröffentlichte Peter Jerusalem, dessen aktive Handreichung beim Suizid seiner Frau sonderbar anmutet, auf der Titelseite der »Münchner Neuesten Nachrichten« (13. Juli 1920, Abendausgabe) einen Nachruf, nur »einige erklärende Worte«, wie er diesen bezeichnete. Darin hebt er vor allem das »dunkel Triebhafte in ihrer Natur« hervor, beschreibt seine Frau von Melancholie und Anfällen heimgesucht, von Zwängen, ja gar von Besessenheit gebeutelt; allerdings würdigt er auch ihre große schauspielerische und erzählerische Begabung und gibt ihre Angst vor dem Alleinsein sowie ihre Unfähigkeit, ein neues Leben zu beginnen, als Gründe für den Freitod an. So ging sie, meinte er zusammenfassend, »mannhaft und entschlossen in den Tod«, um »ihre dunkle Tat« zu sühnen.

In der Erinnerung von Magdalena Dietz, älteste Tochter der Lena Christ, lebte die Mutter anders fort:
»Da gab es stille großräumige Wohnungen; eine Mutter, die aufrecht im Bett sitzend Stunde um Stunde den Bleistift über lose Blätter führte … Und irgendwo in der großen Wohnung, weitab vom Schlafzimmer der Mutter, hielten sich unterdessen die Töchter auf, hin und wieder miteinander flüsternd, ›weil Totenstille herrschen mußte, wenn Mutter schrieb.‹ Eine Mutter, die geliebt und verehrt ob ihrer Güte und Schönheit, ›für uns Kinder doch unnahbar blieb‹, eine Kranke, die, sobald sie den Bleistift weglegte, müde in die Kissen sank, von der galoppierenden Schwindsucht gezeichnet. / Aber da gab es auch eine ganz und gar verwandelte Mutter, die plötzlich aus dem Schweigen heraustrat – reizend in Blaßgrünes oder Violettes gekleidet, mit Spitzen und Schals behängt, das reiche Haar mit einer Blume, einem Kamm geschmückt. Heiter lächelnd, die Krankheit wie weggewischt, auf dem Spaziergang mit den Kindern zu allen möglichen Späßen aufgelegt.«

nach Liselotte Denk, Das unordentliche Leben der Lena Christ, in: Münchner Merkur 24./25. Oktober 1981

TESTAMENT UND ERBEN

Lena Christ hinterließ ein Testament, in dem es einleitend heißt: »Ich habe mich entschlossen, den Makel, welchen ich auf meinen guten Künstlernamen gebracht und das Unglück, welches ich dadurch meiner Familie zugefügt habe, mit dem Opfer meines Lebens freiwillig zu tilgen und gutzumachen.« Sie verfügte, dass ihre »noch anfallenden Einkünfte« aus ihren Werken, nach Abzahlung aller Verbindlichkeiten, zu »gleichen 3 Teilen« ihrem Ehemann Peter Jerusalem und ihren beiden Töchtern Magdalena und Alexandra zukommen sollten. Ihre persönliche Habe, wie Kleider, Wäsche, Geschirr, Schmuck, vermachte sie ihren Töchtern. Zugleich ersuchte sie die Erben, ihre Darlehensschuld von 17 150 Mark Herrn Erwin Aicham aus Neu-Ulm zu erstatten. Diesem hatte sie offenbar als Sicherheit ihr »verpfändbares Gut« versprochen, unter der Bedingung, dies einstweilen im Gebrauch ihrer Kinder zu belassen. Ihr Sohn Anton Leix aus erster Ehe wurde enterbt, »da er mich seit zehn Jahren nicht mehr als seine Mutter anerkannt hat.«

Gemäß einem Protokoll des Amtsgerichts München erschien am 23. September 1920 der Lagerhalter Anton Leix, der erste Ehemann der Erblasserin, und machte für seinen unmündigen Sohn Anton das Pflichtteilsrecht geltend. Dieser besuchte damals die 7. Klasse des Wittelsbachergymnasiums zu München, wurde später nach dem Studium der Medizin Arzt und lebte in der Oberpfalz.

Die Töchter der Lena Christ heirateten: Magdalena Leix wurde zur Frau Dietz und Alexandra, die jüngere, ehelichte 1932 den Kraftwagenfahrer Anton Jakob Schlageter. Zunächst aber kam sie nach dem Tod der Mutter in das städtische Waisenhaus im Münchner Stadtteil Neuhausen. Später arbeitete sie als Tänzerin und Artistin. Nachdem ihr Ehemann an den Folgen einer Operation gestorben war und Alexandra von ihrer eigenen unheilbaren Erkrankung erfahren hatte, schied sie am 17. Februar 1933 aus dem Leben. Sie wurde im Grab ihrer Mutter beigesetzt. In einem Abschiedsbrief an einen ungenannten Professor schrieb damals ihre Mutter Lena Christ: »Eine letzte

Bitte habe ich noch: bitte nehmen Sie sich ein wenig meiner unglücklichen Tochter Alicerl an, damit sie es leicht hat mit ihrem Leiden und ihrer etwas morschen Seele. Sie kann nichts für ihr Wesen. Sie stammt ja von gleichem Blut und Fleisch wie ich unglückseliges Menschenkind.«

Magdalena, die ältere Tochter, war bereits vor dem Tode ihrer Mutter mit ihrem späteren Mann verlobt. An diesen schrieb Lena Christ einen Abschiedsbrief, in dem es heißt: »Mein geliebter Sohn, ich muss gehen. Man hetzt mich zu Tod. Mach mir das Kind glücklich und gedenke der Worte, die ich Dir sagte. Hab Dank für all Deine Liebe, Dein Verstehen, Deinen Takt. Leb wohl und nimm meinen innigsten Segenswunsch zusammen mit meinem liebsten Kind. Deine Mutter Lena Christ.« Magdalena Dietz zog mit ihrem Gatten nach Burghausen und starb dort hochbetagt am 4. April 1998. Ihre Tochter Erika Schneider, die Enkelin der Lena Christ, verschied nach kurzer Krankheit im November 2009.

DER NACHLASSVERWALTER

Peter Jerusalem (Benedix) gefiel sich in der Rolle des Nachlassverwalters. Er meinte, »die Aufgabe und Tätigkeit, die meiner noch harrte, konnte nur dem Werk gehören, das unter meiner Beihilfe zur Welt gekommen war und nun, kaum recht bekannt, drohte, wieder vergessen zu werden.« Über die Einnahmen aus den Werken der Lena Christ und die Aufteilung der Honorare unter den Miterbinnen kam es in den Folgejahren zu Streitigkeiten. So ersuchte Alexandra Schlageter, geborene Leix, am 6. Oktober 1932 das Münchner Nachlassgericht um eine Abschrift des Testaments ihrer Mutter, da dieses »zu Auseinandersetzungsverhandlungen mit dem überlebenden zweiten Gatten der Verstorbenen« benötigt werde. Peter Jerusalem (Benedix) verfügte offensichtlich völlig frei über die Vermarktung des Werkes der Lena Christ, ohne seine gleichberechtigten Miterbinnen zu konsultieren. Wegen dieser Selbstherrlichkeit gab es immer wieder Misshelligkeiten im Laufe der Jahre, wie ein Brief aus dem Jahre 1939 an Magdalena Dietz, der älteren Tochter der Lena Christ, beweist. In diesem behauptete er, von der Verstorbenen »als alleiniger Rechtsvertreter und Nachlaßverwalter« gemäß einer »testamentarischen Verfügung« eingesetzt worden zu sein. Allerdings liegt eine solche Verfügung nicht beim Testament bzw. dem Nachlass der Lena Christ.

Peter Benedix — *München 22, 27. 2. 39*
Schriftsteller — *Wagmüllerstraße 18/IV*

Liebe Leni!
Da ich aus einer im letzten Schreiben des Weimarer Verlegers Dr. Kellermann enthaltenen Aeußerung schließen muß, daß er sich vielleicht direkt oder über den Herrn Eppelin an Dich wendet, um Dich zu veranlassen, meiner Vertragskündigung des »Mathias Bichler« nicht zuzustimmen, so möchte ich Dir nur sagen, daß ich laut testamentarischer Verfügung Deiner Mutter von ihr als alleiniger Rechtsvertreter und Nachlaßverwalter eingesetzt bin, ich also, auch gegen Deinen Willen betreff ihres Werks vollkommen freie Hand in rechtlicher und literarischer Hinsicht habe.
Im Uebrigen kannst Du überzeugt sein, daß, wenn ich eine Veränderung vornehme, dies nur zu unserm Vorteil ist. Ich habe natürlich schon einen andern und zwar viel besseren Verleger für den »Mathias Bichler« und die »Erinnerungen«. Das ist aber eine nur für Dich bestimmt private Mitteilung, die weder Herrn Dr. Kellermann, noch Herrn Eppelin etwas angeht und ihnen auch nicht mitzuteilen ist.
Des weiteren hat Herr Dr. Kellermann, der mir eine ganz falsche Abrechnung geliefert hat, die Unverfrorenheit gehabt, zu bezweifeln, daß ich die Euch bzw. Dir zustehenden Beträge an Dich abgeführt habe. Laut den in meiner Hand befindlichen Postquittungen hast Du von mir für Dich und Deine verstorbene Schwester als Bichlerhonoraranteil vom 21. 12. 30 bis zum 12. 2. 38 im Ganzen erhalten: RM. 689.50. Den restlichen Honoraranteil von der letzten Auflage und der Neuauflage erhältst Du, sobald der Rechtsstreit mit Herrn Dr. Kellermann zu Ende geführt ist, unter Abzug der Hälfte der mir durch sein

widerrechtliches Verhalten entstandenen bzw. noch entstehenden Unkosten. Jedenfalls wird das noch wesentlich mehr sein als seine ersten falschen Abrechnungen ergeben haben, deren Unrichtigkeit ich ihm nachzuweisen in der Lage war.
Vorstehendes diene nur zu Deiner Kenntnis, damit Du gegebenen Falls erwidern kannst, daß ich rechtlich das alleinige Verfügungsrecht habe. Mir auf dies Schreiben hier zu antworten brauchst Du nicht.
Mit besten Grüßen, auch an Deinen Mann,
bin ich Dein Onkel …

Quelle: Monacensia, Handschriftenarchiv, Nachlass Benedix/Christ, Durchschlag des Briefes

1940 erschien »Der Weg der Lena Christ« von Peter Jerusalem (Benedix) im Adolf Luser Verlag zu Wien. Vorausgegangen war im Mai 1937 ein Aufsatz in den »Münchner Neuesten Nachrichten« mit dem Titel »Werdegang der Lena Christ«. Im Nachwort nimmt der Autor für sich in Anspruch, der »einzige« zu sein, der über Lena Christ »wirklich Auskunft zu geben« vermag. Dieses Buch wurde in mehreren Auflagen gedruckt und überarbeitet. Es fand aber nicht immer nur günstige Aufnahme, vor allem die Beihilfe Peter Jerusalems zum Suizid seiner Ehefrau Lena Christ wurde mit Befremden und Abscheu zur Kenntnis genommen. In einem Falle sah sich Peter Jerusalem (Benedix) veranlasst, eine Richtigstellung in den »Sudetendeutschen Monatsheften« 1941 zu verlangen, da er sich zu Unrecht angegriffen fühlte. Er verwahrte sich entschieden dagegen, eine Straftat begangen zu haben und deshalb mit der Veröffentlichung seines Buches gewartet zu haben, bis dieses Verbrechen verjährt war. Er schrieb am 22. April 1941 an Dr. Wilhelm Pleyer, den Schriftleiter der »Sudetendeutschen Monatshefte«, klärend: »Ich habe die Gründe in meinem Buche ausführlich genug dargelegt, so daß jeder, mag er auch in der Beurteilung einer Beihilfe zum Selbstmord grundsätzlich anderer Ansicht sein als ich, doch anerkennen muß, daß ich aus reiner Menschlichkeit, ohne das geringste selbstsüchtige Interesse einer Frau, die verloren war, den letzten Liebesdienst erwiesen habe.«

B e r i c h t i g u n g
Die Besprechung des Buches: D e r W e g d e r L e n a C h r i s t von Peter Benedix, in der Januarnummer der »Sudetendeutschen Monatshefte« vom Jahre 1941 ist dahin zu berichtigen: Wenn der Verfasser der Lena Christ das Gift verschafft hat, mit dem sie sich getötet hat, so hat er damit nach deutschem Recht keine strafbare Handlung begangen, da es eine strafbare Beihilfe nur bei strafbarer Haupttat gibt, der Selbstmord aber keine Straftat ist. Damit entfällt auch die Unterstellung, als habe der Verfasser im Bewußtsein seiner Strafbarkeit die Verjährungsfrist abgewartet, um das Buch zu veröffentlichen. Wenn der Verfasser auch formell noch der Gatte der Lena Christ war, so lebte er doch seit Jahresfrist von ihr getrennt, hatte zudem die Ehescheidungsklage eingereicht, also keine Gemeinschaft mehr mit ihr, so daß ihre Verirrungen und deren Folgen ihn weder rechtlich noch moralisch berührten. Er hatte auch keine Unterhaltspflicht ihr gegenüber. Das Gift hat er ihr allein aus reiner Menschlichkeit verschafft, weil es nach der begründeten Anschauung beider keinen andern Ausweg mehr für sie gab, und weil sie ohne ihn, den sie in letzter Stunde wieder zu sich rief, eine grausamere Form des Selbstmordes, Absturz von der Großhesseloher Brücke im Isartal, gewählt hätte.
Irschenhausen bei München *Peter B e n e d i x*
22. April 1941

Quelle: Begleitbrief und Berichtigung, Monacensia, Handschriftenarchiv, Nachlass Benedix/Christ

Günter Goepfert sieht in seiner Christ-Biografie Peter Jerusalem (Benedix) als »Werkzeug für die Todesentschlossenheit« seiner Frau an. Er schreibt: »Man hat Benedix immer wieder vorgeworfen, dass er Lena Christ im entscheidenden Augenblick seine Hilfe versagt hatte. Das mag oberflächlich gesehen, seine Richtigkeit haben. Versucht man aber tiefer in die Geheimnisse ihres außergewöhnlichen Lebens einzudringen, dann muss man erkennen, dass sich Benedix ebenso wie ihre älteste Tochter ihrer Todesentschlossenheit beugen und zu ihrem Werkzeug werden mussten.«

Dennoch kann man sich des Eindrucks nicht erwehren, so zieht Ghemela Adler das Fazit, »daß Benedix seine Frau in ihrer Verzweiflung und ihren Selbstmordabsichten bestärkte, was erklärt, warum er ihr das tödliche Gift besorgte ... Benedix blieb das Wesen seiner Frau fremd, die sich möglicherweise von der Revolution 1918 erschüttert, mehr und mehr von seiner konservativen Haltung emanzipierte und politisch wie privat eigene Wege beschritt. Ihr Scheitern mag Benedix zu seiner letzten Machtdemonstration veranlaßt haben.«

Das Buch von Peter Benedix (Jerusalem) wurde von Presse und Öffentlichkeit überwiegend positiv als »erschütternde Bekenntnislektüre« (Fred Ottow, Schriftleiter der »Münchener Zeitung«) aufgenommen. Empört über Jerusalems Verhalten und die ungerechtfertigte Vereinnahmung ihres 1933 verstorbenen Mannes wandte sich Hulda Hofmiller an Justizrat Windisch und schrieb am 19. Januar 1941: »Man braucht doch kein Christ zu sein, man braucht nur h u m a n zu denken, um das Handeln dieses Mannes grauenhaft zu finden! Ich schäme mich der Tat dieses Mitschuldigen (und viel schwerer Schuldigen) für das ganze Deutschland, und der ungenierten Darstellung dieses verbrecherischen Handelns für die ganze deutsche Literatur! / Sagen Sie, Herr Justizrat, gibt es im heutigen Deutschland keine Möglichkeit, nicht bloss ein solches Buch zu verbieten (nach solchem Vorbild kann ja jeder – ungestraft! – helfen, einen anderen um die Ecke zu bringen), sondern den Schuldigen, nach Jahren, noch zur Rechenschaft zu ziehen? ... an Schneid würde es mir nicht fehlen, hier etwas zu unternehmen. Denn mich dünkt es nicht zu schwarz gesehen, dass mit diesem Buche die Ehre, die Sauberkeit der deutschen Literatur befleckt worden ist. Mein Mann würde es gewiss nicht anders empfinden ...«

Die Freundin Annette Thoma schrieb zur Person und Rolle des Peter Jerusalem (Benedix) in ihren »Erinnerungen an Lena Christ«, die im »Mangfallboten« am 24. Juli 1970 veröffentlicht wurden: »... Erst nach ihrem tragischen Tod kam der Mann, im August 1920, mit Alixl, der jüngeren Tochter Lenas, wieder hierher und nahm für ein paar Wochen Wohnung im Dorf. An einem föhngeladenen Abend wanderten wir mit ihm zur Bank, droben auf dem Lerlhügel. Die Berge standen nachtschwarz und ganz nah. Schweres Gewölk trieb am Himmel. Da schilderte er mit makabrer Objektivität jenes ›Bergab‹ der Lena Christ, genauso wie er es 20 Jahre später, in seiner mit Recht umstrittenen Lebensgeschichte der Lena Christ wiedergegeben hat. Von jenem Abend an hörten unsere Beziehungen auf. Gelebte, miterlebte Geschichte liest sich anders als nachgezeichnete, fünfzig Jahre später. So auch bei Lena Christ. Da orakelt der Psychologe Zusammenhänge aus ihrem literarischen Nachlaß heraus, ein anderer will sie vor dem Vergessenwerden schützen und hebt sie höher hinauf, als ihr zukäme, wieder andere ›zeichnen‹ jenen wenig sympathischen Mann ›nach‹ – und rechnen mit ihm ab –, der immerhin sie und ihre Kinder aus dem Elend riß und ihr zu literarischer Geltung verhalf, im letzten, im entscheidenden Moment aber kläglich versagte. Dies alles geschieht natürlich aus bestem Wissen und Wollen. Wir aber, die sie kannten, wir haben noch immer die tiefe, klangvolle Stimme im Ohr, die so lebendig erzählen konnte, wir spüren noch nach fünfzig Jahren die Leibhaftigkeit altbayerischen Bauernadels, den diese Frau verkörperte.«

11 Verehrung posthum

»So bemühte ich mich denn im kleinen Kreise um die Anerkennung des Werkes«, erinnerte sich Peter Benedix, »wobei mich nicht die geringste Absicht auf Gewinn leitete. Ich befand mich seit dem Dezember des Jahres 1920 in einer gesicherten Stellung, die ich der gütigen Vermittlung des damaligen Stadtrats und Bibliotheksdirektors Held verdankte, der das Werk der Dichterin hochschätzte. Ich konnte mich also ohne jeden materiellen Hintergedanken für den literarischen Nachlaß der Verstorbenen einsetzen, soweit mir das meine berufliche Tätigkeit erlaubte.«

VERGESSEN UND NACHRUHM

Nach dem Tod seiner Frau suchte Peter Jerusalem (Benedix) das Werk der Lena Christ vor dem Vergessen zu bewahren. Es gelang ihm, den Literaturkritiker Josef Hofmiller zu aktivieren. Dieser erinnerte in einem umfangreichen Artikel ein Jahr später in den »Münchner Neuesten Nachrichten« an die damals selbst von den Literaturgeschichtsschreibern nicht mehr genannte Schriftstellerin, die er als die »kraftvollste unserer süddeutschen Erzählerinnen« einschätzte.

Josef Hofmiller äußerte sich über die Werke der Lena Christ folgendermaßen:
»... Sagte ich nicht vorhin: drei Meisterwerke? Jawohl: drei Meisterwerke, von denen mir jedes lieber ist als die ganze Litanei vom Barbusse bis zum Wolfenstein. ›Erinnerungen einer Überflüssigen‹ heißt das erste. Als es 1912 erschien, zeigte ich es in den ›Süddeutschen Monatsheften‹ an ... Inzwischen sind fast zehn Jahre verflossen. Heute stelle ich diese ›Erinnerungen‹ womöglich noch höher. Sie sind eine der drei menschlich reichsten autobiographischen deutschen Erzählungen der letzten Jahre. / ›Mathias Bichler‹ heißt das zweite Meisterwerk der Lena Christ. Der abenteuerliche Lebenslauf eines kleinen Holzschnitzers. Geschrieben in einer Sprache, würzig wie Wiesenblumen, frisch wie ein Wiesenbach; immer ganz hart an der Mundart, ein starkes, herzhaftes Deutsch voll Klang und Me-

lodie. Kein papierenes Wort, keine papierene Wendung; alles lebendig, alles gesprochene Sprache. Wieder eine Handlung von der Zigeunerbuntheit des Schelmenromans. Ein Buch, so rein und unverfälscht süddeutsch, daß es in hundert Jahren als klassisch empfunden werden wird, wie wir heute den Jung Stilling und den Armen Mann in Toggenburg als klassisch empfinden … / ›Die Rumplhanni‹ heißt das dritte. Die Lena Christ war jedesmal ganz auf der Höhe, wenn sie sich selbst gab … Ihre Helden haben eine Robustheit, die ihr selbst versagt war. Als Charakter ist die ›Rumplhanni‹ von einer strotzenden Rundheit, wie seit der Heldin von Anzengrubers ›Sternsteinhof‹ in dieser Art nichts mehr geschaffen worden ist. Ich gestehe offen, mir ist die ›Rumplhanni‹ lieber, denn die Lena Christ kennt nicht nur ihre Bauern weit besser als Anzengruber, sie redet vor allem ihre Sprache besser und hat noch mehr Humor. / Sie hat sonst noch manches geschrieben. Davon wird das meiste vergessen werden. Diese drei Bücher aber werden bleiben. Sie gehören innerlich zusammen, bilden sozusagen die Trilogie eines und desselben Lebens. Wenn man in hundert Jahren wissen will, wie es damals in Oberbayern gewesen ist, werden diese drei Bücher neben denen von Ludwig Thoma den Wert kulturgeschichtlicher Quellenwerke haben.«

zit. nach Peter Benedix, Der Weg der Lena Christ, S. 220ff.

Dank Hofmillers Rezension waren die Werke der Lena Christ, vor allem ihre »Erinnerungen einer Überflüssigen« und der Roman »Mathias Bichler«, wieder sehr gefragt und bald vergriffen, so dass sie neu aufgelegt werden mussten. Seine Besprechungen und Würdigungen der folgenden Jahre (Hofmiller starb 1933) bewirkten, dass Lena Christs Werk zumindest in Altbayern nicht vergessen wurde. Allerdings war es über die Landesgrenzen hinaus kaum mehr bekannt.

VEREINNAHMUNG IM DRITTEN REICH

1937 widerfuhr Lena Christ eine späte Ehre: Im Stadtteil Milbertshofen benannte ihre Heimatstadt München, in der sie die meiste Zeit ihres Lebens zugebracht hatte, eine Straße nach ihr.

Allerdings waren die Umstände dieser Ehrung einem Zeitgeist geschuldet, der Lena Christ und ihre Werke für seine Zwecke missbrauchte. Die Nationalsozialisten mit ihrer Blut-und-Boden-Ideologie vereinnahmten Lena Christ als Heimatdichterin, die angeblich fest im Boden des Bauerntums wurzelte.

In diesem Zusammenhang ist wohl auch ein Brief vom 30. Juli 1942 zu sehen, der im Auftrag des Oberbürgermeisters »der Hauptstadt der Bewegung« an Peter Benedix (Jerusalem) gesandt wurde, in dem es um ein »Ehrengrab« für Lena Christ ging. Dieser Plan kam jedoch nicht zur Ausführung.

Ghemela Adler stellte in ihrer Dissertation fest, dass Peter Benedix (Jerusalem) ein Vertreter der konservativ-traditionalistischen Heimatkunstbewegung war und Lena Christ zu einer Dichterin stilisierte, welche die Verbindung mit der »Scholle« gebraucht habe und deren Kreativität »triebhaft« gewesen sei. Damit näherte sich Benedix der NS-Ideologie an, ohne diese jedoch zu vertreten.

Auch der Herausgeber der »Deutschen Literatur der Gegenwart« (1930), Werner Mahrholz, der die Heimatkunstbewegung unterstützte und der späteren NS-Literaturpolitik den Weg bereitete, stilisierte Lena Christ zur Dichterin, in der sich »das Stammesbewußtsein« rege und deren Werk von »Stammeseigenschaften« künde.

Heimatkunstbewegung

Gegen die literarische Strömung des Naturalismus gründete sich um die Wende des 19./20. Jahrhunderts die Heimatkunstbewegung. Adolf Bartels prägte 1896 den Begriff »Heimatkunst«. Man hatte zum Ziel, ein »wunderschönes Menschentum«, »behagliche Seelenstimmungen«, »treuherzige Schalkhaftigkeit« und »stählerne Seelenkraft« (Friedrich Lienhard, in: Zeitschrift »Heimat«, Heft 4, April 1900) darzustellen und strebte damit nach einer volkspädagogischen Erneuerung des Menschen. In der Literatur wurde nun das Land zum »Wunschbild« und die Stadt zum »Schreckbild« stilisiert (Friedrich Sengle, 1963): In der heilen Welt des Dorfes, in der ländlichen Idylle fand man Heimat, hier wurzelten seelische und geistige Verbundenheit. Der wohl bekannteste Autor der Heimatkunstbewegung war Ludwig Ganghofer. Er idealisierte die Natur, in welcher der nervöse Städter wieder gesunden konnte. Im Dritten Reich vereinnahmten die Nationalsozialisten diesen Heimatbegriff und übersteigerten ihn in ihrer Blut-und-Boden-Ideologie.

In Thüringen hatte zehn Jahre nach ihrem Tod ein Buchhändler Lena Christ für sich und seine Klientel neu entdeckt. Bruno Eppelin bewirkte damit, dass ihr Buch »Mathias Bichler« im Weimarer Verlag A. Duncker 1930 neu aufgelegt wurde. Dieser Roman trat nun ins »Zentrum der Betrachtung« der »völkisch-nationalistischen Interpreten«, wie Ghemela Adler in ihrer Dissertation herausstellt: »In Süddeutschland wurde die Renaissance des Romans vom ›Völkischen Beobachter‹ eingeleitet, in dem von Oktober bis Dezember 1931 Auszüge des ›Mathias Bichler‹ veröffentlicht wurden. Im Geleitwort erscheint Josef Hofmillers ›heimatbewegtes‹ Urteil ... in einem Atemzug mit den ›völkisch-bewegten‹ Worten von Wilhelm Frick, Mitkämpfer im Hitler-Putsch, erster nationalsozialistischer Minister und als Reichsinnenminister für die Rassengesetze verantwortlich – eine nahtlose Überführung der Ideale der Heimatkunstbewegung in die nationalsozialistische Blut-und-Boden-Ideologie. ›PG‹ Frick betont die Bedeutung des Werks ›im Kampfe für Deutschlands Wiedergeburt‹. Hervorgehoben werden ›Bodenständigkeit‹, ›der Volkston‹ und die ›Darstellung blutvollen Lebens‹, Merkmale, die man auch in Lena Christs Roman ›Die Rumplhanni‹ verkörpert sah.«

Peter Benedix (Jerusalem) zeigte sich vom Engagement Bruno Eppelins nicht recht angetan. Er fürchtete, dass sich da eine Konkurrenz in der Förderung bzw. Verwertung der Werke der Lena Christ aufbaute, welche seiner Meinung nach ihm allein nur zustand.

»Ein größerer Erfolg war der werbenden Tätigkeit eines kleinen thüringischen Buchhändlers in Ruhla beschieden, der

insonderheit für den ›Mathias Bichler‹ eintrat und sich seiner in dankenswerter Weise annahm. Nur um eine Wiederentdeckung der Dichterin, wie er meinte, konnte es sich dabei nicht handeln. Hierin war er vollkommen falsch unterrichtet, von jemandem, der weder etwas wußte, noch etwas verstand. (...) Der thüringische Buchhändler, der zehn Jahre nach dem Tode der Dichterin zum erstenmal ihren Namen hörte, hat sie für sich und das mitteldeutsche Gebiet, dem er angehört, entdeckt und dort viel zur Verbreitung ihres Namens und ihrer Bücher beigetragen. Auch in München hat er sich nach dem Tode Hofmillers bei leitenden Stellen für sie bemüht und das Interesse der neuen Regierung für das Werk geweckt.«

aus: Peter Benedix, Der Weg der Lena Christ, S. 226f.

Allerdings ging Bruno Eppelin einen Weg, den Peter Benedix nicht einschlug, er wünschte die Anerkennung der Lena Christ als »völkische Dichterin«, wie er es in einem Brief an den Münchner Stadtrat bereits im November 1931 formulierte und ebenfalls 1931 in seiner »Festschrift zum 50. Geburtstag der Dichterin« mit dem Titel »Mein Kampf um Lena Christ« dokumentierte. Peter Jerusalem – er nannte sich in der NS-Zeit 1937 in Benedix, den Namen einer Vorfahrin, offiziell um – ordnete das Werk der Lena Christ mehr dem Naturalismus zu. Er selbst veröffentlichte 1940 sein Erinnerungsbuch »Der Weg der Lena Christ«, in dem er ihre Ursprünglichkeit und Unverbildetheit, ihre Abstammung aus dem Bauerntum hervorhob. Zugleich unterschied Peter Benedix zwischen Schriftstellerin und Dichterin. Letztere verkörpere Lena Christ, da sie im Heimatboden verwurzelt sei, der »Scholle«, die damals als Brutstätte des Dichterischen angesehen wurde.

SPÄTE REZEPTION UND EHRUNGEN

Gemäß Ghemela Adler gab es zwei Rezeptionswellen nach 1945: eine erste unmittelbar nach dem Krieg 1950, als die wichtigsten Werke der Lena Christ wiederaufgelegt wurden, und dann wieder 1970, als der Süddeutsche Verlag zum 50. Todestag der Lena Christ ihre gesammelten Werke herausbrachte. Zudem zeigte man 1981 zum 100. Geburtstag der Schriftstellerin nochmals reges Interesse an ihren Büchern und ihrem Leben in zahlreichen Veröffentlichungen, Theateraufführungen und Verfilmungen. Auch die neue Frauenbewegung der 1970er und der folgenden Jahre wandte sich Lena Christ als »schreibende Frau« zu und betrachtete sie, wie Asta Scheib in ihrer Romanbiografie »In den Gärten des Herzens« von 2002, als Kämpferin für Emanzipation und Unabhängigkeit.

Die Ruhmeshalle: Büste der Lena Christ zu Füßen der Bavaria in München (seit 2000)

Lena Christ und ihr Werk sind nicht vergessen. 1977 veranstaltete der »Münchner Stadtanzeiger« eine nicht repräsentative Umfrage nach den Klassikern der bayerischen Literatur; danach stand Lena Christ an vierter Stelle nach Ludwig Thoma, Josef Hofmiller und Wilhelm Dieß.

In die Ruhmeshalle zu Füßen der Bavaria, welche König Ludwig I. konzipiert hatte, wurde lange Zeit keine Frau für würdig empfunden, aufgenommen zu werden. Man(n) zählte Frauen offenbar nicht zu den »großen Persönlichkeiten« der bayerischen Geschichte. Erst im Jahre 1997 beschloss der Bayerische Ministerrat mit den Büsten der Schriftstellerin Lena Christ und der Schauspielerin Clara Ziegler den Einzug zweier Frauen. Die vom Bildhauer Martin Kargruber geschaffene Büste der Lena Christ wurde dort am 3. April des Jahres 2000 aufgestellt.

Aber auch andernorts wurde Lena Christ gedacht, denn ihre literarische Bedeutung war inzwischen unumstritten. Um die besondere Verbindung zu ihrem Geburtsort Glonn hervorzuheben, benannte die Marktgemeinde eine Straße nach Lena Christ und brachte zu ihrem 75. Geburtstag am Nachfolgerhaus des »Hansschuster-Anwesens« eine neue Gedenktafel an.

Die Ehrung: Bronzebüste der Lena Christ im Rathaus zu Glonn (seit 1999)

Die alte Gedenktafel von 1921 ist im Glonner Heimatmuseum zu sehen.

In Glonn wurde auch ihr 90. Geburtstag gebührend begangen: Man weihte in der Gaststätte Neuwirt, die gegenüber dem ehemaligen Hansschusterhaus steht, ein neues Nebenzimmer ein und benannte es »Lena-Christ-Stüberl«. Obwohl »die Meinung über Lena Christ in Glonn nicht immer gut« war, wie Hans Obermair in seinem Büchlein »Lena Christ und Glonn« feststellte, gab es dennoch Menschen, wie den Oberschulrat und Schriftsteller Wolfgang Koller (1904–1974), die das Andenken an Person und Werk der Lena Christ förderten. Im Jahre 1999 stellte die Glonner Marktgemeinde in der Vorhalle des Rathauses sogar eine Bronzebüste auf, die Johannes Gottwald geschaffen hatte.

Ebenso erinnern München und Landshut heute an Lena Christ mit Straßenbenennungen und Gedenktafeln an ihren einstigen Wohnhäusern in der Münchner Sandstraße 45, Linprunstraße 35 sowie in der Landshuter Maximilianstraße Nr. 8.

Der »Landshuter Kurier« meldete am 17. November 1943:
»Langfristigen, unermüdlichen Bemühungen Dr. Lippmanns ist es gelungen, am Haus Nr. 8 in der Maximilianstraße mit gütiger Unterstützung des Besitzers Generalkonsuls Dr. Dannemann, vor wenigen Tagen eine schlichte, von Steinmetzmeister Patzelt erstellte Tafel anbringen zu lassen. ›Hier wohnte in den Jahren 1917 und 18 die Dichterin Lena Christ.‹
Mag sein, daß die streitbare Vorkämpferin ländlich-städtischen Kleinhäuslertums sich Landshut weniger verbunden fühlte als Glonn, der Heimat, als München der Stätte ihres Erfolges. Dennoch hat die unglückliche Mundartdichterin, als sie

dem eingerückten Gatten in die Garnisonstadt folgte, 36jährig hier ihre letzte schöne Zeit verlebt ...
Im Haus an der Maximilianstraße entstand ihre ›Madam Bäuerin‹, hier bereitete sie sich für Lesungen im Landshuter Lazarett vor, hier gesellte sich ihr bei frohen Abenden mit Tischchenrücken und geselligem Spiel der Freund, ihr ›Bub‹, der sie eineinhalb Jahre darauf ins Verderben riß ...«

Quelle: Monacensia, Handschriftenarchiv, Nachlaß Benedix/Christ

Aber auch Schulen wurden nach Lena Christ benannt, zum Beispiel die Realschule von Markt Schwaben. Vom 9. bis 15. Oktober 2000 veranstaltete die Stadt Landshut ihre vierten Literaturtage, die Lena Christ zum Gedenken an ihren 80. Todestag gewidmet waren.

Der 1974 verstorbene Oberschulrat Wolfgang Koller aus Glonn bemühte sich Zeit seines Lebens um die Verbreitung der Werke von Lena Christ. Er verglich die Schriftstellerin, die er noch persönlich kannte, mit den damaligen Großen des bayerischen Sprachgebiets und meinte: »Nicht so sentimental wie Ganghofer und nicht so kritisch wie Ludwig Thoma. Ihre Bücher haben keine Patina angesetzt. Sie sind frisch wie am ersten Tag, die Dialoge echt und bleibend.«

Martin Gregor-Dellin schrieb am 13. Oktober 1981 in der »Frankfurter Allgemeinen Zeitung« unter dem Titel »Der Rumplhanni trauriges Ende«:
»Das Leben der bayerischen Dichterin Lena Christ mutet an wie eine Schauergeschichte aus schlechten Romanen, aber wer zu ihren Werken zunächst kein Verhältnis gewinnen sollte, der kann sich aus den eher untertriebenen »Erinnerungen einer Überflüssigen« und dem autobiographischen Roman »Rumplhanni« doch wenigstens mit ihrem Schicksal vertraut machen und wird daraus manches gewinnen. Was dabei an Kultur-, Sitten- und Zeitgeschichtlichem zu erfahren ist, das öffnet gleichsam von selbst auch den Blick und das Ohr für ihre ober- und hinterbayerische Chronistenliteratur (das Wort ganz und gar nicht im abschätzigen Sinn gebraucht), für ihr eigenartiges und eigenwilli-

ges Talent, aufzuschreiben, was man ihr an Dorfgeschichten aus dem 19. Jahrhundert erzählt hatte und was sie aus eigener Anschauung ergänzte – ein weiblicher Kempowski der Armen und Außenseiter, der Bauern, Knechte und Mägde der Zeit um die Jahrhundertwende und davor … Das Melodramatische wird in der seltsam unsentimentalen Prosa der Lena Christ gänzlich ausgespart, sonst könnte sie unsereiner gar nicht lesen. Sie schreibt übrigens keine Dialektdichtung (außer im Dialog), sondern ein herzhaft-körniges Oberdeutsch, vollgesogen mit idiomatischen Ausdrücken … Lena Christ kannte vor allem die Bauern und jene Mischung an Zartsinn und Derbheit, die an den Bayern noch heute fasziniert und Rätsel aufgibt … sie verstand aber, was selten ist, die Sprache ihrer Menschen in die Sprache der Literatur zu übersetzen …«

Ihr erstes Buch, die »Erinnerungen einer Überflüssigen«, beendete Lena Christ mit den Worten: »Doch das Leben hielt mich fest und suchte mir zu zeigen, daß ich nicht das sei, wofür ich mich so oft gehalten, eine Überflüssige.« Leider hielt sie das Leben nicht lange fest, denn Lena Christ waren nur acht Schaffensjahre vergönnt. Dennoch ist die oberbayerische Schriftstellerin alles andere als »eine Überflüssige«, wenn es auch dauerte, bis ihre Werke allgemeine Anerkennung fanden.

Zeittafel

1881	Am 30. Oktober Geburt der Lena Christ (getauft auf Magdalena Pichler) in Glonn; als uneheliches Kind wächst sie dort bei den Großeltern auf.
1888	Lena Christ kommt zu Mutter (Magdalena Isaak, geb. Pichler) und Stiefvater (Josef Isaak) nach München in die Adalbertstraße 15.
1889/90	Die Eltern ziehen um: zunächst in die Glückstraße und dann in die Buttermelcherstraße 21 (Hauskauf); betreiben Gastwirtschaften.
1891	Josef Isaak geboren (Halbbruder von Lena Christ).
1893	Friedrich Isaak geboren (Halbbruder von Lena Christ).
1893/94	Eltern führen eine Kantine im Lechfeld und übernehmen dann die Gastwirtschaft in der Sandstraße 34 (heute 45) zu München; Lena Christ weilt vorübergehend bei den Großeltern in Glonn, kehrt dann nach München in die elterliche Gaststätte zurück.
1895	Wilhelm Isaak geboren (Halbbruder von Lena Christ).
1898/99	Ab 5. Dezember 1898 Lehrkandidatin für Musik im schwäbischen Kloster Ursberg.
1900	Im März Rückkehr ins Elternhaus; schwere Auseinandersetzungen mit der Mutter führen zu einem Selbstmordversuch; Stellung als Bedienung und Köchin in der Gaststätte Floriansmühle zu München; Rückkehr ins Elternhaus
1901	Am 12. November Eheschließung mit Anton Leix; eheliche Wohnung im Haus der Schwiegereltern, Sandstraße 3.
1902	Geburt des Sohnes Anton (†1973)
1903	Geburt der Tochter Magdalena (verh. Dietz, † 1998)

1904/05	Ehemann Anton Leix überwirft sich mit seinen Eltern; Umzug der Familie in die Loristraße 2.
1906/07/08	weitere Umzüge: Linprunstraße 49 (heute 35); Sternstraße 10; Klenzestraße 13.
1906	Geburt der Tochter Alexandra (†Freitod 1933).
1908/09?	Bankrott und Unterschlagungen des Ehemannes Anton Leix führen zur Trennung.
1909	Lena Christ zieht mit ihren zwei Töchtern in eine Neubauwohnung nach München-Haidhausen zum Trockenwohnen; Sohn Anton kommt zu den Großeltern Leix und hat von da an keinen Kontakt mehr zu seiner Mutter.
1909/10	Lena Christ bestreitet den Lebensunterhalt mit Prostitution und Schreibarbeiten.
1910	Einlieferung wegen einer Lungenkrankheit ins städtische Schwabinger Krankenhaus; die Töchter werden in einem katholischen Kinderheim untergebracht.
1911	Lena Christ lernt Peter Jerusalem (Benedix, 1877–1954) kennen; sie arbeitet bei ihm als Diktatschreiberin.
1911	Sommeraufenthalt in Fürstenfeldbruck mit Peter Jerusalem; Rückkehr nach München; erneute stationäre Behandlung im Schwabinger Krankenhaus.
1911/12	Angeregt von Peter Jerusalem, verfasst Lena Christ den autobiografischen Roman »Erinnerungen einer Überflüssigen«; erscheint im September 1912 beim Verlag Albert Langen, München.
1912	Am 28. August Heirat mit Peter Jerusalem (Benedix); Wohnung in der Wilhelm-Düll-Straße 5 (Gern); die Töchter kommen nach Hause.
1912/13	Die »Lausdirndlgeschichten« und andere Erzählungen, z. B. »Die sprechende Uhr«, entstehen. Die »Lausdirndlgeschichten« erscheinen 1913 im Martin Mörike Verlag, München.

1914 Am 11. Februar vollendet Lena Christ den Roman »Mathias Bichler«; erscheint im Mai im Verlag Albert Langen, München. – Umzug in die Pilarstraße 2 (Nymphenburg); Sommerurlaub in Lindach.

1914 Beginn des Ersten Weltkriegs; Erzählungen und Skizzen »Unsere Bayern anno 14« entstehen und erscheinen als erster Band kurz vor Weihnachten in der Reihe »Langens Kriegsbücher«.

1915/16 Zwei Fortsetzungsbändchen »Unsere Bayern anno 14/15« (zweiter und dritter Teil) erscheinen.

1915 Ehrung für ihre vaterländischen Verdienste: König Ludwig III. lädt die Autorin Lena Christ zu Tisch.

1916 Verleihung des Ludwigskreuzes.

1916 Ab Ende April Kurzaufenthalt in Landshut; Niederschrift der Erzählung »Die Rumplhanni« größtenteils beim Sommeraufenthalt in Lindach; erscheint im Spätherbst beim Verlag Albert Langen, München; Umzug in die Kuglmüllerstraße 78 (heute 20), dort Selbstversorgungsprojekt mit Kleintierhaltung.

1917 Am 25. August besucht Lena Christ Ludwig Thoma auf der Tuften. – Im Herbst übersiedelt sie nach Landshut, wohin Peter Jerusalem als Soldat abkommandiert wurde. Uraufführung ihres Einakters »Der goldene Strumpf« am 15. Oktober im Landshuter Theater und am 16. Oktober im Deutschen Theater zu München.

1917/18/19 Plan eines Altmünchener Romans der Biedermeierzeit mit dem Titel »Kaspar Glück und seine Frauen« (bleibt in den Anfängen stecken); es entstehen einige Theaterstücke und eine Sammlung von Erzählungen, die unter dem Titel »Bauern« im Leipziger List-Verlag 1919 herauskommen.

1917/18 Peter Jerusalem an der Front; die eheliche Verbindung lockert sich allmählich.

1918 Im Spätherbst Beginn einer Liebschaft mit dem Sänger und Lautenspieler Lodovico Fabbri (Ludwig Schmidt).

1919 Zu Beginn des Jahres Trennung von Peter Jerusalem; Lena Christ folgt ihrem Geliebten nach München und wohnt zunächst in der Winthirstraße 41, dann in einer Villa in der Tizianstraße. – Vollendung des Romans »Madam Bäurin«, der im Leipziger List-Verlag erscheint.

1920 Trennung von Fabbri; Anfang März Umzug in die Schwabinger Bauerstraße 40. – In der wirtschaftlich schwierigen Nachkriegs- und Inflationszeit Fälschung von berühmten Künstlersignaturen auf Gemälden. – Entzug des drohenden Strafverfahrens durch Suizid am 30. Juni auf dem Münchner Waldfriedhof. Dort auch Beisetzung in der Sektion 44.

Werk-, Quellen- und Literaturverzeichnis

WICHTIGSTE WERKE

Lena Christ: Erinnerungen einer Überflüssigen. Erstausgabe Albert Langen Verlag München 1912; dtv München 1. Aufl. 1987, 2. Aufl. 1988.

Lena Christ: Lausdirndlgeschichten. Erstausgabe München 1913; Edition monacensia, Allitera Verlag, München 2002 (nach den Ausgaben München 1981 und 1986).

Lena Christ: Mathias Bichler, Roman, München 1914.

Lena Christ: Unsere Bayern anno 14, Erster Teil, München 1915; Unsere Bayern anno14/15, Zweiter und Dritter Teil, München 1915.

Lena Christ: Die Rumplhanni, Eine Erzählung, München 1916.

Lena Christ: Bauern, Bayerische Geschichten, Leipzig 1919.

Lena Christ: Madam Bäuerin, Roman, Leipzig 1919.

Lena Christ: Aus meiner Kindheit, Langens Kleine Bücherei Nr. 102, München 1938 (eine Auswahl aus »Erinnerungen einer Überflüssigen«).

Lena Christ: Werke, München 1970 (darin: Erinnerungen einer Überflüssigen, Mathias Bichler, Die Rumplhanni, Madam Bäuerin, Bauern).

Lena Christ: Gesammelte Werke. Mit einem Nachwort von Johann Lachner. München Neuausgabe 1981. (darin: Erinnerungen einer Überflüssigen, Mathias Bichler, Die Rumplhanni, Madam Bäurin, Bauern).

Lena Christ: Erinnerungen einer Überflüssigen – Rumplhanni – Madam Bäurin, List Verlag, München Neuausgabe 2002.

Zahlreiche Erzählungen und Geschichten, veröffentlicht in Zeitschriften und Sammelbänden (siehe dazu: umfangreiche Aufstellung bei Ghemela Adler, S. 295ff.)

QUELLEN

Heimatmuseum Glonn

Lena Christ-Zimmer mit Fotografien, Andenken u. ä.

Kloster Ursberg, Archiv

Zeitungsartikel Lena Christ betreffend

Archivunterlagen (Einträge, Briefe u. ä.) betreff Magdalena Pichler (Lena Christ), Lehrkandidatin an der Lehrerinnenbildungsanstalt Ursberg (4. 12. 1898–1. 3. 1900)

Monacensia, Stadtbibliothek München, Handschriftenarchiv

M 36a (Nachlaß Benedix/Christ)

L 5285 (Sippentafel/Lena Christ v. Hans Frey)

Fotosammlung

Nachlass Hulda Hofmiller (Peter Benedix/Lena Christ betreffend)

Sammelstücke Lena Christ betreffend

Sammlung Max Stefl (Peter Benedix betreffend)

Schauer, Franz: Der Lebensweg der Lena Christ in Bildern, zusammengestellt in den Jahren 1970–73.
Staatsarchiv München
AG Ebersberg VV 1881 Nr. 228 (Vormundschaftsprotokoll)
AG München NR 1920/1846 (Nachlassakte Lena Jerusalem, Todesanzeige, Testament, Protokolle u. ä.)
Polizeidirektion München 7845 (Selbstmordverzeichnis 1920)
Staw. München I, 1816 (Beleidigungsklage Rittmeister Trombetta gegen Lena Jerusalem)
Staatsarchiv München, Abt. IV, Kriegsarchiv
OP 14904 (Major a. D. Josef Trombetta; Beleidigungsklage)
Staatsbibliothek München
Münchner Neueste Nachrichten u. a. Zeitungen (Berichterstattung Bilderaffäre, Selbstmord, Nachrufe)
Stadt Fürstenfeldbruck
Einwohnermeldeamt (tel. Auskunft)
Stadtarchiv Landshut
Zeitungsartikel (Landshuter Literaturtage, Gedenktafel, Gedenktage u. ä.)
Stadtarchiv München
Polizeimeldebogen von Lena Christ
Einbürgerungsakte 1912/2238

LITERATUR UND GEDRUCKTE QUELLEN

Adler, Ghemela: Heimatsuche und Identität. Das Werk der bairischen Schriftstellerin Lena Christ (Europäische Hochschulschriften, Reihe I, Bd. 1261), Frankfurt a. M. u. a. 1991.

Bauer, Josef Martin: Lena Christ, in: Bayerische Literaturgeschichte in ausgewählten Beispielen, hrsg. v. Eberhard Dünninger und Dorothee Kiesselbach, München 1967, S. 353–365.

Benedix, Peter: Der Weg der Lena Christ, Wien 1940 (zweite veränderte Auflage München 1950).

Bosls Bayerische Biographie. 8000 Persönlichkeiten aus 15 Jahrhunderten, hrsg. v. Karl Bosl, Regensburg 1983.

Denk, Lieselotte: Das unordentliche Leben der Lena Christ. Die Tochter (Magdalena Dietz) der bayerischen Erzählerin erinnert sich, in: Münchner Merkur, 24./25. Oktober 1981, 36. Jg., Nr. 245 (Journal).

Drews, Jörg: Bayerische Protokolle. Der Fall Lena Christ. Zu ihrem 50. Todestag, in: Süddeutsche Zeitung, 1./2. August 1970, 26. Jg., Nr. 183 (Feuilleton).

Feldhütter, Wilfrid: Die Wirtsleni. Erinnerungen einer Überflüssigen von Lena Christ, Sendemanuskript v. 24. Nov. 1968, Bayerischer Rundfunk, München.

Feldmann, Christian: Freitod statt Land-Idylle. Lena Christ im Bayern der Jahrhundertwende, in: Vorwärts v. 12. Nov. 1981, Nr. 47, S. 29.

Frauenleben in Bayern von der Jahrhundertwende bis zur Trümmerzeit, mit Beiträgen von: Krafft, Sybille / Panzer, Marita A. / Plößl, Elisabeth / Som-

mer, Karin, hrsg. v. Bayerische Landeszentrale für politische Bildungsarbeit, München 1. Aufl. 1993.
Goepfert, Günter: Das Schicksal der Lena Christ, Ausgabe Rosenheim 2004 (Erstausgabe München 1981, Neuauflage München 1989).
Goepfert, Günter: Die letzten Tage der Lena Christ. Ein Hörspiel nach authentischen Unterlagen, Aufzeichnungen und Briefen gestaltet, Sendemanuskript Bayerischer Rundfunk, München 1972.
Goepfert, Günter: Erinnerung an Peter Benedix. Der Entdecker der Lena Christ starb vor 25 Jahren, in: Münchner Stadtanzeiger v. 21. März 1979, 35. Jg., Nr. 23, S. 4f.
Gregor-Dellin, Martin: Der Rumplhanni trauriges Ende. Zu den gesammelten Werken der Lena Christ, in: Frankfurter Allgemeine Zeitung v. 13. Okt. 1981, Nr. 237, S. 9.
Gugel, Adelheid: Lena Christ – Leben und Werk, Phil. Diss. München 1959.
Hofmiller, Josef: Die Rumplhanni und ihre Dichterin, in: Süddeutsche Zeitung v. 27. 10. 1951.
Hofmiller, Josef: Lena Christ, in: Der Kunstwart, Juli 1931.
Hofmiller, Josef: Lena Christ, Erinnerungen, in: Süddeutsche Monatshefte, März 1913.
Hofmiller, Josef: Lena Christs Rumplhanni, in: Münchner Neueste Nachrichten v. 29. 6. 1921.
Karl, Michaela: Lena Christ, Die Überflüssige, in: Dies., Bayerische Amazonen, Regensburg 2004, S. 66–83.
Krechel, Ursula: Von Bayern, Bauern und Bankerten. Zum 100. Geburtstag der Lena Christ, in: Süddeutsche Zeitung v. 31. 10/1. 11. 1981, 37. Jg., Nr. 25, S. 132.
Kürschners Deutscher Literaturkalender aus dem Jahre 1922, hrsg. v. G. Lüdtke und E. Neuner, Berlin / Leipzig 1922, Sp. 6 (Nekrolog).
Nöhbauer, Hans F.: Kleine bairische Literaturgeschichte, München 1984.
Obermair, Hans: Lena Christ und Glonn, Glonn und Lena Christ, Herkunft und Wurzeln. Eine Betrachtung zum 125. Geburtstag der Dichterin, hrsg. v. Kulturverein Markt Glonn e. V., Glonn 2006.
Prinz, Friedrich / Krauss, Marita (Hgg.): München – Musenstadt mit Hinterhöfen. Die Prinzregentenzeit 1886–1912, München 1988.
Renk, Herta-Elisabeth: Die Überflüssige und ihre Heimat. Zu Leben und Werk der Lena Christ, in: Handbuch der Literatur in Bayern, hrsg. v. Albrecht Weber, Regensburg 1987, S. 373–386.
Reuther, Ingrid: Lena Christ. Eine revisionsbedürftige Biografie, in: Geschichte quer, 6, Aschaffenburg 1998, S. 34–36.
Thoma, Ludwig: Ein Leben in Briefen, München 1963.
Scheib, Asta: In den Gärten des Herzens, Roman, Hamburg 2002.
Scheib, Asta: Der Not keinen Schwung lassen, Annäherung an Lena Christ, in: Der Traum vom Schreiben, Schriftstellerinnen in München 1860 bis 1960, hrsg. v. Edda Ziegler, München 2000.
Schnorbus, Axel: Arbeit und Sozialordnung in Bayern vor dem Ersten Weltkrieg (1890–1914), München 1969 (= MBM Heft 19).
Setzwein, Bernhard: Sie ist auf den Knien zu ihrem ersten Buch gerutscht, Glück und Unglück der Lena Christ, in: ders., Ein Fahneneid aufs Nie-

mandsland, Literatur über Grenzen, Viechtach 2001, S. 129–139 (= Eröffnungsrede zu den 4. Landshuter Literaturtagen, gehalten am 4. Okt. 2000).
Skasa, Michael: Lena Christ – Porträt zum 100. Geburtstag, Manuskript des Bayerischen Rundfunks 1981.
Thoma, Annette: Lena Christ, in: Bei uns, München 1974, S. 134–139.
Troll, Gertrud: Leben und Werk der Lena Christ, Phil. Diss. München 1945.
Truwant, Mirjam: The passion of Lena Christ, in: Stories and portraits of the self, hrsg. v. Helena Buescu C., Amsterdam 2007, S. 203–218.
Valter, Anna: Lena Christ und ihr Werk, Phil. Diss. Wien 1937.
Weber-Kellermann, Ingeborg: Frauenleben im 19. Jahrhundert, München 3. Aufl. 1991.

FILME

Bauer, Anita (Buch und Regie): Heimat und Sehnsucht, Reihe »Große Bayern«, gesendet am 30. 12. 2004.
Bogner, Franz Xaver: Madam Bäurin. Deutscher Film 1993 (mit Julia Stemberger, Francis Fulton-Smith, Hanna Schygulla, Franz Xaver Kroetz).
Geissendörfer, Hans W.: Der Fall Lena Christ, gesendet am 5. April 1969, BR 3. Programm.
Wolffhardt, Rainer: Die Rumplhanni (in zwei Teilen), gesendet am 12. 11. 1981 u. 16. 11. 1981, BR 3. Programm (mit Monika Baumgartner, Karl Obermayer, Enzi Fuchs, Hansi Kraus).

Bildnachweis

Bayerische Verwaltung der staatlichen Schlösser, Gärten und Seen: 123
Inge Isaak: 28
Marita A. Panzer: 66, 82, 124
Monacensia. Literaturarchiv und Bibliothek München: 9 (P/a 1267), 16 (P/a 1340), 18 (P/a 1340), 23 (P/a 1340), 24 (P/a 1340), 27 (P/a 234), 30 (P/a 1340), 38 (P/a 1340), 40 (P/a 1491), 43 (P/a 1340), 51 (P/a 1268), 56 (P/a 1340), 64 (P/a 1340), 79 (P/a 1917), 90 (P/a 1683)
nach Günter Goepfert, Das Schicksal der Lena Christ, © Rosenheimer Verlagshaus, ISBN 978-3-475-535208: 100
www.stadt-muenchen.net: 108

Umschlagmotive: Vorderseite: Lena Christ, um 1913 (Monacensia. Literaturarchiv und Bibliothek München, P/a 1683); Rückseite: Gemälde Lena Christs von P. Schlegel im Rathaus des Marktes Glonn (Foto: Markt Glonn)

Dank

Ich danke herzlich

für informative Gespräche, hilfreiche Beratung und Unterstützung

- den Damen und Herren der von mir besuchten Archive und Bibliotheken,
- Frau Inge Isaak, Nichte der Lena Christ,
- Frau Jutta Gräf, Kulturamt Glonn,
- Frau Christiane Abspacher, Bildredaktion,

sowie

den Herren Fritz Pustet (Verleger) und Dr. Thomas Götz (Herausgeber) für die Aufnahme der „Lena Christ" in die neue Reihe KLEINE BAYERISCHE BIOGRAFIEN.

Bibliografische Information der Deutschen Nationalbibliothek
Die Deutsche Nationalbibliothek verzeichnet diese Publikation in der Deutschen Nationalbibliografie; detaillierte bibliografische Angaben sind im Internet über http://dnb.d-nb.de abrufbar.

www.verlag-pustet.de

ISBN 978-3-7917-2307-5

Satz: Vollnhals Fotosatz, Neustadt a. d. Donau
Druck und Bindung: Friedrich Pustet, Regensburg
Layout und Umschlaggestaltung: Martin Veicht, Regensburg
Printed in Germany 2011